걸어도 걸어도

歩いても歩いても

KB109328

ARUITEMO ARUITEMO
by KOREEDA Hirokazu

Copyright ©2008, 2016 KOREEDA Hirokazu
All rights reserved.
Originally published in Japan by GENTOSHA INC..

Korean translation rights arranged with
GENTOSHA INC., through THE SAKAI AGENCY.

Korean Translation Copyright © Minumsa 2017

이 책의 한국어 판 저작권은 THE SAKAI AGENCY를 통해
GENTOSHA INC.와 독점 계약한 ㈜민음사에 있습니다.

저작권법에 의해 한국 내에서 보호를 받는 저작물이므로
무단 전재와 무단 복제를 금합니다.

고레에다 히로카즈
박명진 옮김

걸어도 걸어도

歩いても歩いても

안녕하세요.
영화감독 고레에다 히로카즈입니다.
이번에 제가 쓴 소설『걸어도 걸어도』와
『태풍이 지나가고』두 권이 한국에서
출간된다는 소식을 들으니
대단히 기쁩니다. 이 두 작품은
영화도 그러했지만, 소설 역시
저 자신의 개인적 경험, 기억과 밀접하게
연결돼 있습니다. 이들 작품은
어머니를 잃은 슬픔을 극복하기 위해
쓰기 시작했고, 거기엔 저 자신이 처음
'아버지'가 되면서 느낀 감회와
때때로 당혹스럽기도 했던 심정까지
담겨 있습니다. 이런 제 분신과도 같은
두 작품을 읽어 주신다면,
대단히 기쁘겠습니다.

2017년 가을

고레에다 히로카즈

차례

지금으로부터 칠 년 전에 있었던 일로, 내가 마흔 살을 갓 넘겼을 때다. 이제 더 이상 젊다고는 할 수 없었지만, 인생을 마라톤이라고 한다면 아직 반환점을 지나지는 않았다. 그렇게 생각했다.

　나는 그해 봄에 결혼하여, 남편이 됨과 동시에 갑자기 초등학교 5학년 남자아이의 아버지가 되었다. 즉 결혼 상대는 아이 딸린 재혼 여성이었다. 그다지 드문 일은 아니었다. '보통'이다. 참고로 이것은 그 아이(이름이 아쓰시라고 했다.)의 입버릇이다.

　"너에 비하면 훌륭하지."

　누나에게 그런 놀림을 받으면서도, 그다지 싫지는 않았다. 나이는 두 살밖에 차이 나지 않지만, 누나는 어릴 때부터 언제나 나를 애 취급 했다. 나에게는 그 후유증이 여전히 남아 있다. 아버지는 아무 말도 하지 않았다. 애초에 아버지는 결혼 말고도 나에 대해서는 거의 아무 말도 하지 않았다. 아마도 관심이 없었을 것이다. 어머니는 결혼 상대가 어떤 여성인지보다도 그저 결혼했다는 사실에 어깨 위 짐을 내려놓으신 듯 보였다. 그렇다고는 하지만 본심은 아마도, 이 결혼을 받아들이지 않았던 것 같다.

아버지도 어머니도 일흔을 넘겼지만, 아직 그때는 건강하실 때였다. 언젠가 그분들이 먼저 돌아가시리라는 것은 물론 알았지만, 그것은 어디까지나 '언젠가'였다. 구체적으로 내가 아버지와 어머니를 잃는 상황을 상상하지는 못했다. 그날, 무언가 결정적인 사건이 일어났던 것은 아니다. 그렇지만 수면 아래에서는 여러 가지 일들이 벌어지기 시작했고, 나는 이를 눈치채고 있었다. 그럼에도 모른 척했다. 나중에 분명히 깨달았을 때는, 내 인생의 페이지가 상당히 넘어간 후라 아무것도 할 수 없었다. 그때는 아버지와 어머니가 이미 돌아가신 뒤였기 때문이다.

그로부터 상당히 긴 세월이 흐른 것만 같지만, 그때 이렇게 했더라면이라든가 지금이라면 좀 더 이렇게 했을 텐데라든가……. 이제 와서 그런 감상에 젖을 때가 종종 있다. 그 감정은 사라지지 않고 시간과 함께 가라앉아서, 오히려 흐름을 가로막는다. 잃어버릴 것이 많았던 하루하루 속에서 한 가지 얻은 것이 있다면, 인생이란 언제나 한발 늦는다는 깨달음이다. 체념과도 비슷한 교훈일지도 모른다.

"역시 막차 타고 돌아가는 게 좋지 않을까? 8시에만 거기서 나오면 충분할 텐데."

토요일 오전의 한산한 전차에 흔들리며, 나는 휴대 전화에 표시된 전차 환승 안내를 유카리에게 보였다.

"벌써 자고 간다고 말씀드렸잖아요. 갈아입을 옷도 가져왔는데."

그녀가 무릎 위에 올려놓은 가방을 퉁명스럽게 두드렸다. 아쓰시는 우리 둘 사이에 앉아서 아까부터 오락에 열중이다. 오늘은 하얀색 반팔 셔츠에 검은색 칠 부 바지를 입고, 검은색 가죽 구두를 맞춰 신었다. 어젯밤 유카리가 이래저래 고민한 끝에 고른 '나들이옷'이다.

어제 오후에 어머니에게서 전화가 왔을 때, 나는 무심결에 "자고 갈게요."라고 말해 버렸다.

"어머, 그럴래?"

어머니가 수화기에 대고 상기된 목소리로 대답했다. 그 목소리를 듣고서 '이럴 줄 알았으면 당일치기라고 할걸 그랬나.' 아차 싶었다. 그러나 눈치 빠른 핑계를 대지 못하고 그대로 전화를 끊고 말았다. 상황에 휩쓸리고 나서야 후회하는 것은 나의 나쁜 습관이었다.

시나가와 역에서 탄 게이힌 급행열차가 역을 하나씩 지나쳐 갈 때마다 후회는 커져만 갔다. 창밖으로 흘러가는 빌딩의 유리창에 하얀 구름과 푸른 하늘이 네모지게 비친다. 9월에 들어섰다고는 하지만 늦더위는 여전해서, 오늘도 오전부터 30도를 넘긴다고 한다. 아침 뉴스에서 그랬다. 버스 정류장에서 집까지 가는 오르막길을 걸어 올라갈 것이 큰일이다.

구리하마 해안가에서 가까운 본가에서는, 아무리 더워도 좀처럼 에어컨을 켜는 일이 없다.

"등에 땀이 살짝 나는 것이 오히려 몸에는 더 좋다."

아버지의 철학에 떠밀려 가족 모두가 그 건강법을 실천했다. 그 습관이 지금도 그대로다.

더운 게 너무나 싫은 나는 그 이유만으로도 본가에 가는 발길을 멀리했다. 최근에는 일 년에 한 번인 설날에조차 이런 저런 핑계를 대면서 어떻게든 내려가지 않으려고 했다.

우리가 탄 차량이 상행선 급행열차와 스쳐 지나가며 요란하게 삐걱거렸다.

"뭐 그냥 학부모 회의가 갑자기 잡혔다든가······."

내가 되는대로 내뱉는 말을 듣던 유카리가 손가락을 들어 천천히 자신을 가리키며 '나더러 어떻게 해 보라는 거야?'라는 듯한 어이없는 표정을 보였다.

"음, 안 될까?"

내가 또 매달리는 눈빛을 했나 보다. 유카리는 한숨을 크게 내쉬었다.

"당신은 번번이 이런 식으로 떠넘긴다니까."

분명 이 일의 씨를 뿌린 것은 나였기 때문에 자업자득인 것은 안다. 다만 핑곗거리는 굳이 내가 아니어도 상관없다. 여차하면 아쓰시가 아프다고라도 핑계를 대 볼까 생각했다.

열차가 강을 두세 개 건너자 창밖으로 늘어서 있던 빌딩숲은 모두 사라지고 넓은 하늘이 펼쳐졌다.

유원지에라도 가는 걸까, 반대편 좌석에 한 가족이 앉아 있다. 남자아이 둘이 엄마의 가방을 뒤지더니 안에서 주먹밥을 끄집어낸다. 편의점에서 파는 것이다. 아마도 아침 식사를 걸렀는지, 두 형제가 주먹밥을 서로 빼앗아 먹으려고 다툰다. 아직 20대 후반으로밖에 보이지 않는 아빠는 아이들의 소란에도 아랑곳하지 않고 스포츠 신문을 펼쳐들었다. 거기에는 베테랑 프로 야구 선수의 은퇴 소식이 실려 있다. 아마도 그와 같은 나이뻘일 것이다. 나는 무심코 표제를 눈으로 읽었다. 고시엔에서 활약하던 그의 모습을 텔레비전으로 보면서 흥분하던 때가 바로 어제처럼 느껴진다.

"집에 가 봐야, 할 얘기도 없는데 말야. 아버지는 아직도 내가 프로 야구나 좋아하는 줄 안다니까."

프로 야구라는 말에 아쓰시가 오락을 하다 말고 처음으로 고개를 들었다.

"료 짱, 야구 좋아해?"

그 말 속에는 야구 따위를 좋아하느냐는, 놀람과 무시가 뒤섞인 기운이 느껴졌다.

"옛날에, 아주 옛날에 말야."

나는 당황해서 스스로 유년기를 부정하듯 말을 덧붙였다.

아쓰시는 흐응, 혼잣말을 하고는 곧이어 다시 오락에 빠져들었다. 요즘 세대 남자아이들에게 스포츠라고 한다면 축구 아니면 농구다. 아쓰시도 올봄부터 지역 농구팀에 다닌다. "재밌어?"라고 물으면 아쓰시는 언제나 "보통이야."라고 대꾸해서, 그때마다 유카리에게 꾸중을 듣는다. 아쓰시 반에는 야구 같은 건 한 번도 해 본 적 없는 아이들이 많다고 한다. 그러고 보면 동네에서 캐치볼을 하는 아이들 모습도 요즘에는 좀처럼 보기 어려워졌다. 내 어릴적 사진을 보면, 반에서 남자아이들 대부분이 야구 모자를 쓰고 있건만.

"잘 모르는 거 같아서 말해 두는데, 훨씬 긴장되는 건 내쪽이라고요."

유카리는 아쓰시의 흐트러진 머리를 고쳐 주며 말했다.

"알아요, 알고 있습니다요."

그도 그럴 것이다. 유카리는 시부모가 기다리는 시댁에 아들의 결혼 상대자로서 인사를 드리러 가는 것이다. 게다가 그녀는 돌싱인데 나는 초혼이다. 긴장하는 것이 당연하다. 그래서 "무리하지 않아도 돼."라고 나는 몇 번이나 말렸지만.

"그래도 그러는 건 아니죠."라며 그녀가 먼저 가겠다고 말했던 것이다. 나는 "그래서 내가 말했잖아."라고 말하려다가 말았다. 더 이상 그녀를 자극하는 것은 득 될 것이 없다. 나는 손에 들었던 휴대 전화를 가슴 주머니에 넣었다.

아직 도쿄 돔이 만들어지기 전, 고라쿠엔 구장에 아버지와 형 셋이서 야구 시합을 보러 갔던 것은 아마도 내가 초등학교 4학년 때였다. 조명 탑이 비추는 선명한 녹색 잔디와 거기에 반향하는 타격음. 환호성. 12회 초. 우리가 응원하는 다이요 웨일스[1]가 찬스를 맞아 안타 하나면 역전하는 상황에서, 막차가 끊어진다는 이유로 우리는 마지못해 구장을 뒤로했다. 떨어지지 않는 발걸음을 간신히 옮기며 출구를 나간 순간, 경쾌한 타격음과 함께 큰 함성이 터져 나오고, 우리는 서로 얼굴을 마주 봤다. 돌아가려던 관중들의 파도가 일시에 역류했다. 아버지는 아무 말 없이 뒤돌아서더니, 인파를 밀어내며 순식간에 구장으로 되돌아갔다. 형과 나는 손을 맞잡고 아버지 뒤를 필사적으로 뒤따랐다. 결국 그날은 구리하마 집까지 택시를 타고 돌아가야만 했다. 시합은 어느 쪽이 이겼는지 기억하지 못하지만, 그 당시 아버지가 기뻐하시던 모습과 천진난만하게 빛나던 눈동자는 지금도 뇌리에 박혀 있다. 평소 환자나 가족 앞에서 보여 온 위엄 있는(이라기보다는 심기 불편해 보이는) '선생님'의 표정과는 전혀 다른 사람이었기 때문이다.

---

1   야구 팀 요코하마 베이 스타스의 전신.

그것은 벌써 삼십 년도 전의 이야기다. 그런데도 아버지는 어색한 침묵이 우리 둘 사이에 흐를 때는 아직도 야구 이야기를 끄집어낸다.

"올해 베이 스타스는 어떠려나……."

"몰라요, 그런 거. 야구 따위 이젠 관심도 없어."

이렇게 말해 버리는 편이 서로 편했을지 모른다. 그러나 그러지 못했다.

"음…… 어떻게 될까요……."

나는 언제나 그런 어중간한 대꾸를 되풀이했다.

일 년 만에 도착한 역은 상당히 바뀌어 있었다. 남쪽 개찰구를 나와서 왼쪽으로 꺾으면 버스 정거장으로 내려가는 계단이 있다. 그 도중에 있던 서서 먹는 소바집은 유리문으로 바뀌고 그 안에는 발권기까지 설치되었다. 벽에 지저분하게 손글씨로 쓰여 있던 메뉴도 완전히 사라졌다. 택시 정류장 옆에 있던 작은 붕어빵집도 편의점으로 탈바꿈했다. 역 앞은 개발이 되어서 얼핏 보면 세련된 듯하지만, 왠지 동네 고유의 냄새까지도 사라져 버린 듯했다. 게다가 새로 생긴 로터리 덕분에 집으로 가는 버스 정거장이 어딘지조차 모르게 됐다. 역사 안과일 가게에서 산 수박을 들고서 이쪽저쪽으로 우왕좌왕하다가 간신히 정거장을 찾았을 때는 세 사람 모두 땀투성이였다.

우리는 버스 출발 시각만 확인하고서 찻집으로 들어가기로 했다. 그곳도 내가 고등학생이었던 시절에는 밍밍한 카레라든가 질척질척거리는 나폴리탄이나 내오던 꾀죄죄한 가게였다. 지금은 모양새만은 패밀리 레스토랑으로 바뀌어서 드링크 바도 갖추고 있다. 그 앞에서 아쓰시가 아까부터 컵을 입에 물고 고민 중이다. 그런 모습을 보고 있으면 어디에나 있을 법한 열 살짜리 '보통' 남자아이였다.

"형님께 꼭 물어봐요?"

반대편 좌석에 앉아서 빨대 껍질로 매듭을 만들던 유카리가 어젯밤 이야기를 다시 꺼냈다. 나는 짐짓 '응?' 하며 얼굴을 들어 그녀를 바라봤다.

"이사하는 거 말예요."

나는 알면서도 "아아…… 그거?"라며 이제 생각난 듯 대꾸했다.

"아버님 일도 그렇고, 같이 의논해야 하는 거 아니에요?"

"그 정도는 누나가 알아서 하겠지."

나는 무심하게 내뱉듯이 말했다. 그런 일은 우리와 관계없는 이야기다.

누나네 가족은 지금, 남편 회사가 미카타에 마련해 준 사택에 산다. 두 아이가 자라면서 집이 비좁아진 탓에 이제는 쓰지 않는 본가의 아버지 진찰실을 허물고 두 세대 주택으로 바꾸려는 거다. 누나는 그렇게 계획하고 있다. 남편인 노부오는 대를 이은 양자도 아닌 데다 셋째 아들로, 고향인 후쿠시마에 계신 부모를 부양할 의무도 없다. 아마 누나는 이 계획이 실현되어 본가에 들어가게 되면, 아이들은 어머니에게 맡기고 테니스다 여행이다 젊은 시절에 그랬던 것처럼 놀러나 다닐 것이다.

"나야 이제 와서 돌아갈 생각도 없고, 누나가 돌봐 드린다면 나야 편하지."

이것이 솔직한 나의 기분이었다. 아버지와 어머니로부터

해방돼서 그 집에서도 벗어날 수만 있다면, 땅이든 집 정도는 누나에게 넘겨줘도 별로 아깝지 않았다.

"그렇게는 안 되죠. 어쨌든 당신은 장남이잖아요."

"차남이거든?"

'누가 모른댔나…….'라는 듯, 유카리는 넌더리가 난다는 표정을 지어 보였다.

유카리는 재산(이라고 할까 말까 한 정도지만)을 누나에게 빼앗기기 아까워서 그런 말을 하는 것이 아니었다. 가족의 일원이면서 집안 문제에 무책임한 태도를 보이는 나를 탓하는 것이다. 따질 필요도 없이 맞는 말이다. 나 같은 사람에게는 솔직히 그녀의 저런 정의감이 성가실 때가 있다. 차라리 "집의 절반은 당신에게 권리가 있다."라고 말해 주는 편이 마음 편하겠다. 이제 와서 내가 이번 이사 문제에 끼어들어 봐야 오히려 문제만 복잡해진다. 이 일은 맡겨 두면 된다. 성격이 똑부러진 누나는 분명 어머니를 등에 업고 알아서 잘할 것이다.

나는 커피를 한 모금 마셨다. 시기만 하고 쌉쌀한 맛이 없는, 옛날과 똑같이 맛없는 커피였다.

아쓰시가 드링크 바에서 돌아와 유카리 옆에 앉았다. 찰랑거리며 가득 채운 컵을 쏟지 않도록 신중히 탁자 위에 놓는다. 콜라치고는 색깔이 옅다.

"뭐니, 그게?"라며 유카리가 미간을 찌푸리며 물었다.

"콜라하고 진저에일 믹스."

아쓰시가 자랑하듯 말했다.

"리필도 되는데 따로따로 마시면 되잖아."

유카리는 얼굴을 찌푸리며 "궁상맞게시리."라고 작게 중얼거리고는 손 주머니를 들고 일어섰다.

땀으로 지워진 화장을 고치러 가는 것이리라.

탁자에는 나와 아쓰시 둘만 남겨졌다. 갑자기 가게 안 음악이 커졌다. 아니 그런 기분이 들었을 뿐인지 모르겠다.

전차 안에서 본 것 같은 아이 동반의 가족 몇 팀이 가게 안에서 이른 점심을 먹는다. 가운데 탁자에는 5세 정도의 남자아이가 초콜릿 파르페를 먹는다. 크림 위에 올린 체리를 엄마가 먹으려고 하자 성을 내며 도로 빼앗는다. "먹지도 않을 거면서."라고 엄마가 불평한다. 남자아이는 그런 엄마를 약 올리듯 체리를 옆으로 감추고는 바닐라 아이스크림에 스푼을 꽂는다.

초콜릿 파르페에 관한 아픈 기억이 있다. 어릴 적 구리하마의 집으로 이사 오기 전에 우리 다섯 가족은 도쿄의 이타바시에 살았다. 낡은 단층 목조 건물이었지만, 아무튼 단독주택이었다. 가까운 전차역으로 도부토조센의 가미이타바시 역이 있지만, 당시에는 아직 역 근처에 마땅한 상점가가 없어서 이케부쿠로까지 장을 보러 가야 했다. 딱히 가난했던 것은 아니었지만, 아버지는 레스토랑같이 점잔 빼는 곳에 자식들을 데려가는 것을 싫어했다. 점심을 먹을 때는 대부분 지하 상점가에 있는 '미카도'라고 불리는 중화요리점에 들어갔다. 그곳에서 아버지는 언제나 탕면과 교자를 시켰다. 나는 다테마키[2]를 얹은 메밀국수를 좋아했다. 가끔이었지만 백화점 8층에 있는 레스토랑에 간 적도 있다. 레스토랑이래 봐야 식권을 사다가 푸드코트에서 다른 사람들과 섞여서 먹는 대중 식당이었다.

2   달걀에 생선과 새우 등을 갈아 넣은 어묵의 일종.

그래도 당시의 나로서는 족히 가슴이 뛰었다. 그 레스토랑에서도 햄버그스테이크라든가 오므라이스같이 배를 채우는 게 전부인 메뉴를 주문하는 경우가 대부분이었다. 핫케이크 같은 디저트류를, 특히 남자아이가 먹는 것을 아버지가 결코 좋게 생각지 않았기 때문이다. 하지만 그날은 웬일로 기분이 좋았는지 아버지가 "먹고 싶은 걸로 시켜."라고 말했다. 나는 고민 고민 끝에 초콜릿 파르페를 주문했다. 보는 앞에서 가느다란 스푼과 포크가 하얀 종이 냅킨 위에 놓였다. 그것만으로도 두근거렸다.

하지만 일요일의 레스토랑은 주문이 밀린 탓인지 아무리 기다려도 주문한 요리는 나오지 않고, 아버지는 점점 기분이 상하기 시작했다. 제일 먼저 전전긍긍하기 시작한 사람은 푸딩 아라모드를 주문한 누나였다. 초등학교 5학년 정도였던 누나는 학교에서 있었던 재미난 일을 생각해 내서는 아버지에게 들려주며 필사적으로 시간을 벌었다. 사십 분 정도 지났을까, 그때까지 팔짱을 끼고 누나의 이야기를 듣고 있던 아버지가 갑자기 식권을 들고 일어서더니, 식당 출구를 향해 저벅저벅 걸어가기 시작했다. 몇 번이고 같은 경험을 했던 형은 이미 포기한 듯 아버지 뒤를 따랐다. 누나는 어머니의 소매를 붙들고 '우리끼리라도 조금만 더 기다리자.'라며 저항했다. 그러나 어머니는 힘없이 웃어 보이며 "다음에 사 줄게."라고 달래며 누나의 손을 잡아끌고 따라 나갔다. 나는 그 순간에도 주방 출입구를 노려보고 있었다. 아버지는 계산대 점원에게 돈을 돌려내라고 요구하기 시작했다. 탁자 위의 냅킨도 포크도 스푼도 아직 그대로였다. '아직 늦지 않았습니다. 어서 빨리 나와 주세요.' 나는 마음속으로 신에게 빌었다. 하지만 결국 주방에서는 아무도 나오지 않았다. 그날이 내가 초콜릿 파르페에 가장 가까웠던 날이었다. 그 후로도 몇 번인가 백화점 레스토랑에 갔지만, 아버지가 두 번 다시 "먹고 싶은 걸로 시켜."라는 말을 하지 않았기 때문이다. 아버지가 아직 우리 가족에게 있어 '절대적인' 존재였던 시절의 이야기다.

부글부글 소리에 정신이 들었다. 아쓰시가 빨대로 콜라에 공기를 불어 넣으며 놀고 있다. 생각만큼 맛있지 않았나 보다. 유카리가 봤으면 "버릇없어 보이니까 그만둬."라고 했을 것이다. 그걸 알면서도 저러는 것이다. 나를 시험하는 걸까? 아버지들이 그렇듯, 화라도 내 주기를 바라는 걸까? 하지만 나는 다른 아버지들처럼 행동할 마음의 준비가 아직 되어 있지 않았다.

"학교는 어떠니?"

고민 끝에 뻔한 질문을 했다.

"보통이야."

예상했던 대꾸가 돌아왔다. 이것도 역시 유카리가 제일 싫어하는 것 중의 한 가지다.

"보통······이구나······."

"응."

아쓰시는 태평하게 대꾸했다. 시선은 유리컵에 고정한 채였다.

"있잖아······ 토끼 얘기, 어제 엄마한테서 들었는데 말야."

"······."

아쓰시는 유리컵 안 얼음을 빨대로 장난치고 있다. 듣는지 마는지도 모르겠다.

유카리 말로는, 반에서 기르던 토끼가 병으로 죽어서 방과 후에 장례를 치렀다고 한다. 다들 울면서 작별 인사를 하고 있을 때, 아쓰시가 킥킥거리며 웃더라는 것이다. 요즘 학교에서는 이런 일이 있으면 바로 부모에게 전해 준다.

"토끼가 죽었는데 왜 웃었어?"

"웃기니까."

"뭐가?"

"레이나가 다 같이 토끼한테 편지를 쓰재잖아."

"편지 써 주면 좋잖아."

나는 짐짓 밝은 목소리로 말했다.

"아무도 읽지 않는데?"

나에게 묻는 듯이 말한 아쓰시가 처음으로 나에게 시선을 향했다. 그 시선을 받아 내는 것만으로도 나는 힘겨웠다. 아니, 솔직히 말해서 받아들이는 것조차 못했다. 눈을 피하지 못했을 뿐이었다. "분명 천국에서 읽을 거야." 따위의 뻔한 소리는 통하지 않는다. 어른보다도 현실적으로 세상의 본질을 꿰뚫고 있음을 나는 그의 눈동자에서 보았다. 그렇다. 눈앞에 앉은 소년은 그 나이에 아버지의 죽음이라는 커다란 상실을 경험한 것이다. 슬픔의 깊이에 나이는 상관없다. 그 상실을 나로서는 쉽게 이해할 수 없을 터다. 그래서 최대한 건드리지 않도록 해야겠다고 당시의 나는 생각했다. 지금이라면 나도 조금이나마 그의 상실감에 마주할 수 있지 않을까 생각하지만.

먼저 눈을 돌린 쪽은 아쓰시였다. 나는 다시 살아난 기분이었지만, 그래도 아직 구원을 바라듯이 화장실 쪽을 바라봤다. 유카리는 아직 나오지 않는다. 내 등에 흘렀던 땀은 이제 완전히 식어서, 오히려 선뜩하리만치 차가웠다. 그때부터 우리 둘은 농구 얘기나 하면서, 유카리가 돌아올 때까지 그럭저럭 시간을 보냈다.

해안가에 있는 작은 정거장에서 버스를 내려서, 집까지는 다시 십오 분 정도 비탈길을 올라간다. 내려다보이는 바다를 등지고 한동안 오르막길을 걸어 올라가자, 우거진 숲이 나타났다. 그 안으로 경사가 가파른 돌계단이 곧게 뻗어 있다. 어린 시절 자전거를 짊어지고 이 돌계단을 오르내렸다니 믿기지 않는다. 나는 수박을 고쳐 들면서 으쌰 하고 스스로 기합을 넣었다. 오전 11시가 조금 지났을까. 여름의 끝을 알아차린 매미가 필사적으로 울어 댄다. 초록의 터널에 둘러싸여서 그 길을 걷고 있으니, 왠지 천국으로 향하는 계단을 올라가는 것 같은 착각에 휩싸인다. 나는 둘보다 조금 앞서 걸어가면서 대학 후배에게 전화를 걸었다. 미대에 다닐 때 같은 동아리에 있었던 도나미는, 지금은 미술과는 전혀 관계없는 대형 출판사에서 일한다. 그저께 밤 나는 이력서를 들고 그의 회사로 찾아가서 서적 편집부의 상사를 소개받았다. 즉 재취업을 위해 면접을 본 것이다. 마흔을 넘겨서 이력서를 쓰게 될 줄은 솔직히 생각해 본 적도 없었다.

"있잖아, 료 짱이라고 부르는 것 좀 안 하면 안 될까?"

유카리가 아쓰시에게 부탁하는 목소리가 매미떼의 울음소리에 섞여서 어렴풋이 들려왔다.

"오늘 하루만이라도 좀…… 엄마 도와준다고 생각하면 안 될까?"

"료 짱은 료 짱인걸."

"사정 뻔히 알면서!"

유카리가 크게 한숨을 내쉬었다.

발신음이 열 번 정도 울리고 나더니 부재중 통화로 넘어갔다. 나는 제자리에 서서 두 사람이 따라오는 것을 기다렸다.

"도나미 녀석, 안 받네."

"출판사 토요일에는 휴무 아니에요? 월요일에 다시 걸어보지?"

나는 어정쩡한 대꾸를 하면서 휴대 전화를 주머니에 넣었다.

"저쪽 가거든 일에 대해서는 비밀이야."

내가 거듭 강조했다.

"네네……."

질렸다는 듯이 대꾸하는 유카리의 말끝이 올라갔다.

"부탁 좀 할게. 오늘만 어떻게 넘기면 한동안 안 만나도 되니까."

"부자지간에 그렇게까지 감출 건 없잖아요."

"부자지간이니까, 그 양반한테는 실업 중이라는 사실을 말할래야 말할 수가 없다고."

"어쩜…… 아버님 얘기만 나오면 저렇게 정색을 하는지."

유카리가 나의 재취업을 재촉 않는 것은 고마운 일이다. 하지만 학예원 자격증이 있는 그녀가 지금 미술관에서 받는 월급이 내가 회화 복원 공방에서 일할 때 버는 것보다 훨씬 많다. 그래서 오히려 나의 수입이랄까, 있으나 마나 한 것에 그다지 기대조차 않는 걸까 불안할 때도 종종 있다. 뭐, 그 정도는 그저 고루한 한 남자의 알량한 자존심일 뿐이다. 하지만 나잇살 먹은 남자가 여자한테 얻어먹고 사는 것을 아버지가 가장 싫어하리라는 데는 의심의 여지가 없다.

　만날 때마다 아버지는 "하는 일은 어떠냐? 밥벌이는 되냐?"라고 묻는다. 그 한마디는 나의 인생 자체를 책망하는 듯해서 언제나 고통스러웠다. 게다가 만날 때마다 나의 직업은 바뀌어 있었다. 미대를 졸업한 후, 한동안 입시 학원이나 미술관에서 아르바이트를 이어 왔다. 그림을 그려 본 적도 있지만, 그걸로 먹고살 각오도 재능도 없다는 것은 내가 제일 잘 알았다. 서른을 넘기면서 회화 복원 학교에 다니기 시작했다. 학비는 아버지에게 비밀로 하고 몰래 어머니에게서 받았다. 당시에는 거의 연락을 끊고 살았던 터라, 어머니는 내가 당신에게 의지하는 것을 오히려 반기셨다. 졸업 후에는 학교 교수의 공방에서 일하게 되었다. 실력이 좋았던 것은 아니다. 분명 취직자리가 없어 처지가 가장 곤란해 보이는 나를 불쌍히 여긴 덕분일 것이다. 그곳에서 유카리를 만났다. 하지만 그곳 월급으로는 혼자 생활하기도 빠듯한 처지였던 터라, 결혼하면서 그만뒀다. 다만 이제 아무 자격증도 경력도 없는 마흔 살 남자가 재취업을 한다는 것은 생각 이상으로 어려웠다.

　아버지에게 있어서는 일이 인생의 전부였다. 그렇지 않은 남자는 쓸모없다고까지 생각했다. 그런 사람을 향해서 "일에서 성공하는 것만이 인생의 전부는 아닙니다."라고 말해 봐야, 고작 낙오자의 어리석은 변명으로 취급당할 뿐이다. 어차피 말해 봐야 이해하지 못할 테니, 나는 이날 하루만은 아직 회화 복원 공방에서 일하는 것으로 정했다. 설날까지는 분명 다음 일자리가 구해질 것이다. 아니, 그러지 않으면 안 된다.

　오르막을 다 오르니 눈앞에 푸르른 산이 보였다. 어린 시절부터 봐 온 익숙한 풍경이다. 태양이 조금 가까워진 것 같다. 잠시 그쳤던 땀이 어느샌가 다시 등을 타고 흐른다.

"148."

마지막 돌계단을 올라온 아쓰시가 말했다. 여태껏 개수를 세면서 올라온 것이다.

'정말 애인지 어른인지 모르겠단 말이야.'

아쓰시에게 웃어 보이며 그렇게 생각했다.

본가 앞에는 먼저 도착한 누나네 가족의 하얀색 차가 세워져 있다. 나는 차종 같은 건 전혀 모르지만, 가족끼리 캠프라도 나갈 때 유용할 법한 큰 차다. 아마도 텔레비전 광고에서 그렇게 말한 것 같다. 그 광고를 볼 때마다 도대체 자식이랑 친구처럼 사이좋게 지내는 아버지가 어디 있느냐고 의아하게 생각했지만, 누나의 남편이 바로 그런 사람이었다.

남편인 노부오는 자동차 영업소에서 일하는 싹싹한 사람으로, 상대방이 고객이 아니어도 언제나 미소를 잃지 않는다. 동화책에나 나올 법한 '가정적인 아빠'의 모습으로 우리 아버지와는 정반대 타입이다. 누나가 결혼해서 어떤 가정을 꾸리고 싶어 했는지, 그를 만났던 순간 알 수 있었다. 누나는 어젯밤에 혼자 먼저 와서 어머니의 요리를 도왔을 테니 노부오와 두 아이들은 아침 일찍부터 집을 나섰을 터다. 오늘 하루, 그늘진 곳 없이 묘하게 밝은 웃음소리를 견디며 지낼 생각을 하니, 한층 기운이 빠졌다. 상대적으로 이쪽 가족은 그늘져 보이는 데다, 그렇다고 해서 저쪽 가족에 맞춰서 무리하게 쾌활한 모습을 흉내 내기도 불가능했다.

'요코야마 의원'이라는 하얀색 간판이 절반 정도 자동차에 가려진 모습이 얼핏 스쳐 보였다. 아버지가 진료를 그만둔 지 벌써 삼 년이 지났다. 그런데도 이렇게 옛날 그대로 간판을 세워 둔 것은, 그대로 두면 주변 사람들이 언제까지고 "선생님, 선생님." 하고 불러 줄 터이기 때문이리라. 분명 그런 의도일 것이다. 너무나 아버지답다고밖에는 보이지 않는다. 나는 못 본 척하며 현관의 벨을 눌렀다.

문 안쪽에서 초인종 소리가 울리는 것을 확인하고 나는 문을 열었다. 어머니와 누나인 지나미가 복도를 따라 종종걸음으로 나온다.

"안녕하셨어요."

내가 나름 힘껏 말했다.

"다녀왔습니다지, 자기 집으로 오는 거잖니."

"어쩜……." 어머니가 얼굴 앞으로 손사래를 치며 말했다.

"실례하겠습니다."

내 등 뒤에서 유카리가 평소보다 새된 목소리로 인사했다. 긴장한 탓에 목소리가 상기됐다. 평소에는 곧은 성품에 웬만해서는 남 앞에서 긴장하는 경우가 거의 없는 사람이다. 세 살이나 연하면서도 나보다 훨씬 대담한 사람이지만, 역시나 오늘만큼은 조금 다른 듯하다.

"어서 와요. 더웠죠……."

어머니는 재빠르게 현관 마룻바닥에 무릎을 꿇어앉고는, 양손을 모아 공손히 인사했다.

"안녕하세요."

아쓰시가 아이다운 목소리로 꾸벅 인사를 올린다.

"어머나, 예의 바르기도 하지!"

어머니는 짐짓 큰 소리로 감탄하며, 세 사람이 신을 슬리퍼를 나란히 놓아 준다.

"이거, 지난번에 잊고 가셨던 거요."

유카리가 지나미에게 모자를 건넸다. 여름휴가 때 노부오의 차를 타고 함께 오다이바에 갔었다고 한다. 그때 조카인 무쓰가 레스토랑에 모자를 두고 나왔던 모양이다.

"미안해. 요 바보 녀석은 어디든 나갔다 오면 꼭 뭘 잃어버리고 온다니까, 정말."

누나는 손가락으로 빙글빙글 모자를 돌리며 웃었다.

내가 모르는 사이 둘이서는 꽤나 친해진 모양이다.

"역 앞이 완전히 변했던데? 헤매느라 땀깨나 흘렸네."

"좀체 집에를 오질 않으니 우라시마 다로[3]가 따로 없지."

어머니는 집을 가까이하지 않으려는 나에 대한 타박을 슬쩍 끼워 말한다. 못 들은 척하며 나는 말을 이었다.

"그 좁다랗던 책방도 없어졌더라고?"

"책방 주인이 여기가 안 좋아져서, 병원에 입원하면서 가게 지킬 사람이 없어졌거든."

어머니는 손으로 한쪽 가슴을 누르며 눈살을 찌푸렸다. 역 앞 파친코점 옆에 있던 오래된 책방은, 만화나 잡지를 선 채로 읽을 수 있어서 학교를 마치고 돌아오는 길에 자주 들렀던 곳이다. 매대에 쌓인 《GORO》의 그라비아 누드를 펼쳤을 때, 같은 반 여자아이와 마주쳤던 괴로운 경험이 있는 책방이

---

3 일본 설화의 주인공. 자신이 구해 준 거북을 따라 용궁에 갔다가 며칠 후에 집으로 돌아오니 300년이 흘러 집과 가족이 모두 사라지고 없었다는 이야기.

다. 가게를 지키는 주인아저씨는 계산대 옆에서 바둑책을 펼쳐 놓고는 언제나 심각한 얼굴로 담배를 피웠더랬다.

"이거, 목욕탕 찬물에 넣어 놓고……."

나는 슬리퍼를 신으며 수박을 들어 보인 뒤 "그리고……"라며 뒤를 돌아봤다.

"어머님이 슈크림 좋아하신다고 들어서……."

연습이라도 한 것 같은 타이밍에 유카리가 케이크 상자를 어머니 앞에 내밀었다.

"어머, 고마워라. 그럼, 먼저 부처님께 올리고 나서……."

어머니는 공손히 절이라도 하듯 케이크 상자를 받아들고는, 일어서서 아쓰시의 등을 받치며 복도를 걸어 들어갔다. 나는 현관 옆 대기실 안쪽으로 이어진 진찰실을 향해 슬쩍 시선을 던졌다. 아마도 아버지가 저 뒤에서 우리가 하는 얘기에 귀기울이고 있을 것이다. 하지만 아버지는 이럴 때 현관에 나와서 "더웠지."라며 말을 걸어 주는 시늉도 않는다. 나 역시 굳이 진찰실 문을 열고서 "오랜만이에요."라고 다정하게 인사하는 경우가 없다.

"예쁘네요. 어머님, 어떤 유파였나요?"

유카리는 현관 옆에 꾸며져 있던 꽃꽂이를 발견하고 짐짓 큰 소리로 물었다.

"내 맘대로류라고나 할까나……."

어머니는 멋쩍은 듯이 대답했다. 유카리의 칭찬에 내심 좋아하는 눈치였다.

어젯밤에 있었던 일이다. 어머니의 꽃꽂이가 어느 유파인지 묻는 질문에, 내가 "오모테나 우라 같은 거야?"라며 되물었다가 웃음을 샀다. "그건 다도 얘기고요. 어쩜…… 남자들이란 이렇다니까. 고하라나 이케보노 같은 거예요."

　유카리는 집에 도착하자마자 며느리로서 점수를 벌어 두려고 생각했을 것이다. 하지만 결국 집에 도착할 때까지 어느 유파인지는 알아내지 못했다. 뭐, 결과만 좋았으면 되는 텍사스 히트였다고나 할까.

　"정말, 엄만 뭘 해도 야매라니까. 회사 들어가서 배워 보니까 전혀 다르더만."

　"뭐 어떠니? 예쁘기만 하면 됐지⋯⋯."

　어머니와 누나가 그렇게 수다를 주고받으며 대기실을 지나 거실로 사라졌다.

　그러고 보니 내가 어렸을 때부터 집에는 언제나 꽃이 있었다. 계절마다 어울리는 꽃이 현관이나 부엌의 탁자 위에 꾸며져 있거나 불단에 바쳐져 있었다. 먹는 것이나 입는 것에는 일절 낭비하는 일이 없는 분이었지만, 어머니에게 있어서 꽃만큼은 특별했다. 꽃꽂이를 할 때의 어머니는 드물게 온화한 표정을 지으셨던 기억이 있다.

　이것은 훨씬 뒤의 이야기이지만, 어머니가 쓰러졌다는 연락을 받고서 허둥지둥 본가에 달려갔을 때도, 현관에는 설날을 위한 꽃들이 이미 꾸며져 있었다. 우리 가족은 설날을 앞두고, 31일에는 본가에 모여서 오랜만에 함께 지내기로 했었다. 그때 준비된 꽃들은 국화와 수선화 그리고 카네이션이었다. 그리고 남천과 비슷하게 빨간 열매들이 배치되어 있었다. 나중에 물어보니 누나가 백량금이라는 식물이라고 가르쳐 주었다. 여러 종류를 쓴 것치고는 깔끔하게 정리가 되어 있어, 확실히 설 기분이 났다. 냉장고 안에는 내가 좋아하는 햄과 니시

키 다마고[4] 따위가 이미 모두 준비되었고, 작은 가가미 모치[5]도 텔레비전 위에 놓여 있다. 우리가 오기를 고대했다는 것이 피부로 느껴졌다.

"아홉수는 운수가 안 좋거든."이라면서 어머니는 설날 준비며 장보기를 그 전날인 28일까지 모두 끝내 놓기 때문에, 분명 그때도 그랬을 것이다. 우리는 결국 어머니가 입원한 병원과 주인도 없는 본가를 왔다 갔다 하면서 설날을 지냈다. 산가니치[6]가 지나고, 마쓰노우치[7]가 시작되어 현관 앞을 꾸몄던 꽃들이 시들어도, 이때만큼은 좀처럼 버릴 수가 없었다. 그것이 결국 어머니의 마지막 꽃꽂이가 되리라는 것을 우리는 어렴풋이 느꼈는지도 모른다. 하지만 이런 수고를 고맙게 생각하게 된 것은 훨씬 나중의 일로, 이때는 그런 어머니의 행위 하나하나가 강박처럼 느껴져서 나에게는 그저 성가실 뿐이었다.

어머니는 거실 불단에 슈크림을 올리고 초에 불을 붙였다. 우리는 향에 그 불을 옮겨 붙여서 올리고, 종을 친 다음 눈을 감았다. 유카리와 아쓰시도 내 옆에서 나란히 손을 모았다. 불단에는 흰빛과 연보랏빛의 소국이 꾸며져 있다. 그 꽃 옆의 사진 속에는 20대 모습을 한 형이 근심 없는 미소를 짓고 있다. 하얀 가운을 입고 병원의 정원에 서 있는 모습을 보니, 인

---

4   새해 첫날 일본에서 먹는 달걀 요리의 일종.

5   거울 떡. 둥근 모양의 떡을 쌓아 올린 일본 음식.

6   1월 1일~1월 3일.

7   1월 7일 또는 1월 15일.

턴을 마치고 대학 병원에서 일하기 시작했던 때쯤 되는 듯했다. 결혼을 막 앞둔 때인지도 모르겠다.

종소리 저편에서 문득 아이들 웃는 소리가 가까이로 들려왔다. 안마당이 옆 아파트 주차장과 이어져 있어, 아이들이 딱 놀기 좋은 놀이터가 되었다. 거기서 캐치볼이라도 했는지 사쓰키와 무쓰가 볼을 주고받으며 돌아왔다.

"여, 오랜만!"

두 사람을 뒤따르며 들어온 노부오가 나를 발견하고 알은체했다.

"안녕하세요!"

내가 대답할 사이도 없이 큰딸인 사쓰키가 아버지에 지지 않는 목소리로 인사를 했다.

"안녕하세요."

유카리가 미소 지으며 대답한다.

태닝 숍 같은 데라도 다녀왔는지, 노부오의 피부가 골고루 가무잡잡하게 타 있었다.

"때깔 좋게 태우셨네요, 하와이에라도 다녀오셨어요?"

"아이고, 아냐."

노부오는 짐짓 크게 손을 내저었다.

"아무 데도 갈 시간이 없어서. 괜히 아쉬워 가지고 근처 공원에서."

"수영복 하나 걸치고 돌아다니는데, 못 말린다니깐."

누나의 말에 노부오는 멋쩍은 듯 머리를 긁적인다. 노부오 옆에서 사쓰키가 웃고 있다. 그 웃는 모습이 누나의 어린 시절과 꼭 닮아서 살짝 놀랐다.

"어라? 사쓰키 짱, 또 키 큰 거 아냐?"

"여름 방학 동안 1.5센티!"

사쓰키가 허리를 쭉 펴 보이며 V를 만들어 보였다.

"조금만 있으면 추월당하겠는데?"

불단 앞에 있던 유카리가 말한다.

"먹는 거 하난 잘하니까."

누나도 못 말린다는 듯 웃고 있다.

"무쓰는 아직 검도 하고 있어?"

나는 오른손으로 죽도를 내려치는 시늉을 하며 물었다. 지난번 새해에 만났을 때 무쓰는 친구와 함께 근처 체육관에서 검도를 배우기 시작했다고 들었다.

무쓰는 아무 말 않고 아래만 쳐다보았다.

"얼래?"라며, 노부오가 놀리듯 무쓰의 얼굴을 쳐다본다.

"관뒀어. 호구까지 샀는데."

무쓰는 뭘 해도 오래가지 못하는지, 누나의 말 속에는 나무라는 구석이 있다.

"덥단 말야, 냄새도 나고……."

변명도 불평도 아닌 무쓰의 그 한마디에 거실에 있던 모두가 크게 웃었다.

"앗, 할아버지 나오셨다."

그때 갑자기 노부오가 크게 말하며 툇마루에서 일어섰다.

노부오의 소리에 거실에 있던 모두가 일제히 부엌 쪽으로 돌아보자, 그곳에 아버지가 서 있었다.

"안녕하셨어요."

유카리가 깔고 앉았던 방석을 옆으로 치우고, 다다미 위에서 양손을 모으며 머리를 숙였다.

"아아, 왔었니……."

아버지는 지금 알았다는 듯이 한손을 들어 가볍게 인사했다.

"저 왔어요……"라고 나도 형식적인 인사를 했다. 사실은 웃음소리를 듣고 나왔으면서, 괜히 창피하게 생각하시는 것이다. 아버지는 거실 안쪽 다다미방에 볼일이 있는 척 지나가다가 마침 말을 걸어오기에 알게 된 것 같은 식상한 연출을 하는 것이다.

그런데 아버지는 다다미방으로는 가지 않고, 거실로도 들어오지 않다가, 방금 걸어 나왔던 진찰실 쪽으로 도로 돌아가 버렸다.

"진작 알고 있었으면서……."

누나도 나와 같은 생각이었는지, 들으라는 듯이 중얼거렸다.

"미안해요……, 당최 다정하질 못해서……."

어머니가 유카리에게 고개를 숙이며, 컵에 새로 보리차를 따라 주었다.

"아녜요, 저희 아버지도 비슷한 타입이시라."

유카리는 그렇게 말하고는 양손에 들고 있던 보리차를 한 모금 마셨다.

"준페이가 처음에 며느리 될 사람 데리고 왔을 때도 금세 진찰실에 숨어 버려서는, 참……."

아버지에 대한 힐난과 형에 대한 그리움을 하나의 표정에 담으며, 어머니는 불단의 사진을 집어 들었다. 그런 어머니로부터 도망치듯, 나는 담배를 피우려 일어섰다.

수박을 들고 욕실 문을 열자, 세탁기 위에 가지런히 놓인 칫솔들이 가장 먼저 눈에 들어왔다. 파란색과 핑크, 그 사이에는 초록색 개구리 얼굴이 그려진 조금 짧은 어린이용. 분명 어제 어머니가 전화를 끊고 나서 부랴부랴 사다 놓은 것이리라.

나는 수박을 품에 안은 채로 유리문을 열고 욕실 안으로 들어갔다.

욕실은 전체적으로 침침한 것이, 낮이었음에도 불을 켜고 싶을 만큼 어두웠다. 그동안 관리하지 않은 탓에 욕조에는 검은 물때가 끼었고, 벽이나 바닥 타일도 깨지고 떨어져 나가 하수구 옆으로 모아져 있었다.

"욕실 청소가 보통 일이 아니야. 특히 겨울철에는 허리 때문에 더 안 돼."

어머니는 어질러진 집을 두고 아버지가 집안일을 일절 돕지 않는 것으로 핑계 삼곤 했다. 하지만 이제는 그런 문제가 아니다. 세워진 지 삼십 년이 지났으니, 집 자체에 하자가 생겼다. 왠지 보면 안 될 것을 본 기분이 들어, 나는 허둥지둥 세면대 안에 수박을 넣고 수도꼭지를 힘껏 틀었다.

어릴 적 살던 집에는 아직 수도가 들어오지 않아서 부엌문 근처에 공동 우물이 있었다. 쇼와 40년대[8] 도쿄의 마을로서는 무척 드문 풍경이었을 것이다. 목욕탕도 내가 초등학교에 올라갈 때까지 장작을 땠고, 프로판가스가 들어오고 나서도 양동이로 우물물을 길어다가 목욕통에 채우는 일은 꽤나 중노동이었다. 형이 초등학교에 올라갈 때까지, 어머니는 이 일을 혼자서 해 왔다고 한다. 수박을 먹을 때는 이 우물에 대

---

8   1960~1970년대.

야를 가지고 가서, 물을 채워다가 시원하게 했다. 여름 같은 때는 이웃집과 함께 수박을 두세 개씩 모아서 한 대야에 넣어 두고는 했는데, 그 풍경을 보는 것만으로도 즐거웠다. 요새는 수박을 먹는다고 해도 미리 잘라져 있는 것밖에는 사지 않는다. 냉장고에 충분히 들어갈 만큼 작다. 여럿이서 수박을 통째로 사다먹는다는 것은, 이런 기회가 아니면 누릴 수 없는 사치였다.

넘치지 않을 정도로 물을 채우고 일어섰을 때, 욕실 안에서 낯선 은색 물체를 발견했다. 그것은 세면장에 붙은 거울 옆 손잡이었다. 아직 설치한 지 얼마 되지 않은 듯, 그 손잡이만 주위의 칙칙한 색에 비해 선명하게 반짝였다. 그 빛을 보자 순간적으로 마음이 철렁했다.

옛날부터 대청소를 할 때는 형이 욕실을 담당하고, 나는 현관을 맡았다. 나는 집에 있는 신발을 모두 현관 앞에 늘어놓고는, 하나하나 정성껏 닦았다. 누나로 말할 것 같으면, 여기저기 고개를 들이밀고는 잔소리를 하고 사라지거나, 부엌에서 어머니와 잡담이나 하는 정도였다. 새해 전날이었던 그날 일이 왜인지 이때 문득 떠올랐던 것이다.

나는 손잡이를 오른손으로 쥐어 보았다.

매끈한 금속의 한기가 손바닥으로 스며들었다.

시곗바늘이 12시를 지났다. 우리 셋은 부엌 탁자에 둘러앉아서 어머니가 튀김 만들 준비하는 것을 도왔다. 이쑤시개로 고추에 구멍을 내거나, 튀김에 쓸 옥수수 알을 벗겨냈다. 옆에 앉은 아쓰시는 옥수수 알을 벗겨내려고 고군분투하느라, 찌부러뜨린 옥수수에서 나온 즙에 손이 끈적끈적해졌다.

"봐 봐, 이렇게 엄지 쪽 손바닥을 쓰면 잘 벗겨지지."

나는 알맹이가 촘촘한 옥수수를 벗겨내 보였다.

"잘하네." 유카리가 감탄했다.

"옛날부터 이건 내 전담이었거든……."

나는 은근히 자랑스러운 듯 말했다.

어릴 때부터 집에서 튀김이라면 옥수수튀김이었다. 굽거나 삶는 것보다 단맛이 한층 더해진다고 어머니는 곧잘 말하곤 했다.

싱크대 옆에서는, 놀다 온 노부오 부자가 냉장고 문을 열어 놓은 채로 보리차를 마시고 있다. 허리에 손을 짚고 마시는 노부오를 무쓰가 나란히 서서 흉내 내는 모양이 웃음을 자아낸다.

"역시 장모님 보리차는 맛있네요!"

노부오가 광고에 나오는 연예인처럼 상쾌한 미소를 짓는다. 햇빛에 타서 그런지 하얀 이가 괜히 더욱 눈에 띈다.

"슈퍼에서 파는 티백이야 그거. 옛날에는 집에서 우려내고 그랬는데."

"그래요? 그럼, 물이 좋아서 그런가?"

노부오가 손에 든 컵을 요리조리 살펴본다.

"그냥 수돗물인데?"

둘의 대화는 아무래도 박자가 맞질 않는다.

"정말 뭐 하나 맞히는 게 없다니깐."

싱크대에 어머니와 나란히 서서 새우 내장을 손질하던 누나가 돌아보고 말했다. 누나는 남편인 노부오가 패밀리 레스토랑 같은 데만 다니며 자란 탓에 미각이 둔해서 어떤 요리를 만들어 줘도 소용없다고 한다. 그것을 자기가 요리를 그만둔

펑계로 삼고 있다. 어머니와 딸은 이런 점이 참 닮았다.

"뭐, 맛있다고만 해 준다면 아무럼 어때."

어머니는 일하는 손을 멈추지 않은 채 웃고 있다.

"그렇죠."라며 맞장구를 친 노부오가 컵에 보리차를 한 잔 더 따른다.

"어제는 저녁으로 뭐 먹었어?"

누나가 아이들에게 묻자 "초밥!"이라고 동시에 신난 목소리로 답했다.

"어허!"라며 노부오가 두 아이를 향해 짐짓 엄한 표정을 지어 보인다. 아마도 셋만의 비밀이었나 보다.

"뭐? 오늘 초밥 먹는다고 말했잖아."

누나가 넌더리를 내며 노부오를 째려본다.

"돌아가는 거 먹었어, 돌아가는 거 말야. 그치?"

노부오가 필사적으로 변명한다. 이 정도라면 이 집 돈줄은 누나가 쥔 게 분명하다.

"모자랄까 싶어서 초밥 시켜 놨는데, 어제 먹었구나."

탁자 위에 늘어놓은 동파육이며 무와 마늘로 맛을 낸 우엉조림과 포테이토 샐러드를 둘러보며 어머니가 말했다.

"됐어. 난 안 먹었으니까."

누나가 정색을 하며 말한다.

누나는 어릴 때부터 초밥을 무척 좋아했다.

"초밥이라면 매일이라도 먹을 수 있어."

"매일이라도!"

노부오를 흉내 내며 무쓰가 한껏 큰 목소리로 말한다.

"마쓰 스시도 말야, 아들이 물려받으면서 갑자기 맛이 떨어졌어."라며 어머니가 인상을 찌푸렸다.

"그래도 그 집 성게알 군함 초밥은 김이 아니고 오이잖아. 그게 좋았는데."

"일단 상(上)으로 시켰는데……. 성게알 들어갔으려나. 한 번 전화해 볼까?"

어머니가 앞치마에 손을 닦으며 현관 전화기 쪽으로 향한다.

"됐어, 일부러 그럴 거 없어."

보리차를 다 마신 사쓰키와 무쓰가 앞다퉈 냉장고를 뒤지더니, 이번에는 아이스크림을 찾기 시작했다. 커다란 레이디보든 아이스크림 컵이 살짝 보였다. 그걸 집었다간 아무래도 누나에게 혼날 것이다. 역시나 아이들도 그 앞에 가지런히 늘어선 과일맛 아이스바를 골랐다.

"밥 먹기 전이니까 하나씩만 먹어."

누나가 짧고 단호하게 말했다.

"뭐 어떠니, 먹으라고 사다 놓은 건데."

어머니는 손주 둘에게는 언제나 이런 식이다.

"할머니 집에선 혼도 안 나고 좋네!"

"할머니 집이 제일 좋아!"

무쓰가 더욱 큰 소리로 말한다. 아쓰시와는 한 살밖에 차이 나지 않는데, 이 아이에게는 아직 아이다운 순진함이 남아 있다.

"에구, 아까워라……, 할머니 '집'자만 붙지 않았어도 아이스크림 하나 더 받았을 텐데."

그렇게 말하며 어머니는 즐겁게 웃었다.

"다 됐다, 봐 봐."

내가 소쿠리 가득 떠낸 옥수수 알을 어머니와 누나에게

보여 주며 말했다.

"예뻐라……."

반짝이는 황금빛을 보며 유카리가 말했다.

"그치?"

마치 내가 칭찬받기라도 한 것 같은 기분이 들었다.

소쿠리를 위아래로 흔들자 옥수수 알이 튀어 오르며 사라락사라락 경쾌한 소리를 냈다.

"옛날 생각나네……."

그 소리를 듣고 누나가 말했다. 어머니도 누나 옆에 서서 미소를 띠며 옥수수 소리에 귀를 기울인다.

타닥, 탁!

기름이 끓는 냄비 안에서 옥수수 알 튀는 소리가 요란하다.

"아코!"

"으이크!"

그때마다 어머니는 수선을 피운다.

"신기하지?"

멀찍이서 구경하던 누나가 곁에 있던 유카리에게 말했다.

"다들 해 먹을걸?"

유카리가 대답하기도 전에 어머니가 흥이 나서 끼어든다.

"안 해 먹는다니깐."

"옥수수는 구워 먹거나 삶아 먹는 것만 봐서……."

유카리가 고개를 갸우뚱한다. 나 역시도 다른 집에서는 옥수수를 튀겨 먹는 걸 본 적이 없다.

"이거, 누구한테 배운 거야? 할머니?"

"누구였더라……."

"어머님이 원조이신 거예요?"

"맞네! 꽃꽂이랑 똑같네."

누나는 유카리의 물음에 맞장구를 치고는 어깨를 으쓱해 보였다. 튀김이 옅은 갈색을 띠자, 어머니는 튀는 기름을 피하려고 허리를 쭉 뺀 채로 젓가락으로 하나씩 집어 접시에 올려 담는다.

"슬슬 나올 거야. 눈은 안 좋아도, 냄새는 잘 맡거든."

누나가 유카리에게 속삭인 그때, 마침 아버지가 부엌으로 들어왔다. 둘은 마주 보고 작게 웃었다. 아버지는 나와 아쓰시가 앉아 있는 탁자로 곧장 다가오더니, 금방 튀겨 낸 옥수수튀김을 맨손으로 날름 집어, 선 채로 먹기 시작했다.

"저녁때까지 기다리지를 못하고, 이 소리만 들으면 2층에서 내려와서는 만들어지는 족족 먹어 치운다니까."

어머니는 냄비를 향한 채로 말했다. 유카리가 무슨 말인지 묻는 얼굴로 나를 바라봤다.

"형이 엄청 좋아했거든."

"아아……."라며 유카리가 크게 끄덕인다.

"아쓰시 군도 옥수수 좋아하지?"

"보통……"

아쓰시는 상냥하게 묻는 어머니에게 마음이 쓰이는지, 망설인 끝에 "이에요."만 덧붙였다.

"고모도, 실은 보통이야."

'할머니한테는 비밀이야.'라는 듯 누나가 작은 소리로 속삭였다.

"많이 먹으렴."

유카리의 얼굴은 웃고 있지만 아쓰시를 바라보는 눈은 야단치는 것처럼 매서웠다.

노부오와 아이들이 냄새를 맡고서 피아노 치며 놀던 응접실에서 쿵쾅대며 달려왔다.

"방금 튀겨 내서 맛있으니까 얼른 먹으렴."

어머니가 젓가락으로 접시를 가리켰다.

"잘 먹겠습니다!"라고 한 목소리로 답하고는, 셋은 앞다퉈 튀김을 향해 손을 뻗었다.

"간장에 살짝 찍어 먹어 봐."

어머니가 상냥하게 말했다.

입안 가득 튀김을 욱여넣은 노부오가 맛있다며 연신 호들갑스럽게 말한다.

"이리로 이사 오기 전 이타바시에 살 때 바로 옆에 옥수수밭이 있었거든."

어머니가 냄비에 새로 옥수수를 넣으며 이야기를 시작했다.

"한번은 말야, 한밤중에 몰래 들어가서는⋯⋯."

"훔치셨어요?"

유카리가 놀라서 어머니를 돌아본다.

"얘들 아버지 말야."

어머니는 젓가락으로 냄비 속을 들추며 옛날 일이 떠오른 듯 웃는다.

"이미 공소시효 끝났어. 벌써 삼십 년도 더 된 얘기야."

아버지가 웬일로 대화에 끼어들었다. 입가에 웃음기를 띠우며 아쓰시 옆에 앉아서 튀김을 하나 더 집었다.

"다음 날 재빨리 튀김! 그런데 하필이면 막 튀기고 있을 때 '실례합니다―.'라고 찾아와서는."

거기서 어머니는 뒤돌아서더니, 부엌에 모여 앉은 우리

얼굴을 쓰윽 둘러보면서 뜸을 들였다.

"그 옥수수밭 주인이 말야, 품에 옥수수를 끌어안고 서서 '농사가 잘돼서 좀 드셔 보시라고요.'라는 거야. 그러자마자 딱 시금처럼 타닥타닥 튀는 거야!"

"어머머머!"

유카리가 놀라서 이야기를 재촉하듯 어머니의 얼굴을 바라봤다.

"튀김 할 때마다 저 이야기야."

누나가 능치듯 말했다.

"그때 정말 어색했지."

아버지가 재미난 듯 웃었다. 아버지의 웃음소리를 나는 그때 오랜만에 들었다.

"그때 준페이가 말야, '엄마, 이럴 줄 알았으면 일부러 채소집에서 옥수수 사지 말걸.' 그러는 거야."

어머니는 형 말투를 흉내 내며 말했다.

"그 녀석은 그런 데 머리가 잘 돌아갔으니까."

아버지도 그때가 그리운 듯, 어딘가 부드러운 표정이 눈가에 어린다.

그다음은 어머니와 누나가 둘이서,

"그 왜, 그때도 그랬잖아?"

라며, 형이 얼마나 두뇌 회전이 빠르고, 주위 사랑을 받으며, 재치 있었는지에 대한 이야기가 한동안 이어졌다.

이타바시에 살던 집은 다다미 육 조[9]짜리 방에, 남쪽으로

---

9   삼 평 정도.

창이 나 있었다. 창밖에는 빨래 너는 곳이 있고, 그 너머로 찻길까지 밭이 펼쳐져 있었다. 여름이 되면 그 밭에 옥수수 잎사귀가 푸르게 우거져서 방 창문으로 하늘이 보이지 않을 정도였다.

"빨래가 안 말라서 짜증 나."

어머니는 하늘을 올려다보며 원망하곤 했지만, 우리는 그 밭에서 숨바꼭질을 하며 곧잘 놀았다. 태풍이 지나간 뒤에는, 바람에 쓰러지거나 꺾인 옥수수를 구경하는 게 왜인지 좋았다. 고도 경제 성장기였던 탓에, 동네에 있던 공터나 밭은 순식간에 없어져 갔다. 그와 함께 우리의 놀이터도 공사장 자재 하치장으로 바뀌었다. 그 옥수수밭도 어느샌가 폐차장으로 변했다.

"여기가 쓰레기장이라도 되는 줄 안다니까, 정말!"

어머니는 빨래를 널면서 언제나 똑같이 화를 냈다.

실제로 내가 창밖으로 옥수수밭을 봤던 것은 기껏해야 이 년 정도였을 것이다. 하지만 지금도 옛날 집에 대한 기억이라면, 창문으로 바라봤던 그 옥수수밭 풍경이 가장 먼저 눈앞에 떠오른다.

밭 주인아저씨로부터 옥수수를 받았던 것은 사실이다. 하지만 기지를 발휘해서 "이럴 줄 알았으면 일부러 채소집에서 옥수수 사지 말걸."이라고 말했던 것은 형이 아니라 나였다. 분명 형이 할 법한 말이기도 했고, 나와는 어울리지 않는 한마디였다는 것도 틀리지는 않다. 나는 그렇기 때문에 더욱 내가 했던 말이라고 확실하게 기억하는 것이다. 그런 정도야 아무래도 좋을 사소한 일이기도 한 데다, 어머니가 그것을 형이 한 말이었다고 생각하려는 기분을 모르는 것도 아니었다. 그래서 나는 일부러 그때 그 이야기를 잠자코 흘려들었다.

교자상을 가지러 2층에 있는 내 방으로 갔다. 응접실 입구 옆으로 놓인 좁고 가파른 계단을 올라가면, 오른쪽은 형 방이고 왼쪽이 내 방이다. 내 방은 처음에 누나가 가지고 싶어 했지만, 두 아들을 우선시한 아버지의 뜻에 따라 내가 쓰게 되었다. 결국 엄마가 달래서 누나는 현관 옆에 볕이 잘 들지 않는 육 조짜리 방을 배정받았다. 누나는 아직 그 일을 마음에 담아 둔 모양이다.

열어젖힌 문이 입구 쪽에 서 있던 청소기에 부딪혔다. 억지로 문을 밀고 안으로 들어가 보니, 방 안은 발 디딜 곳조차 없이 온갖 잡동사니들로 가득 차 있다. 새로 산 청소기에 더해서 밸런스볼과 덤벨 따위의 운동 기구.「쇼와 가요 대전집」과「쇼와의 기억」같은, 필시 통신 판매나 방문 판매로 샀을 법한 비디오테이프와 DVD들. 그런 물건들이 벽을 따라서 죽 늘어서 있다. 물론 어느 것도 내 것은 없다. 무엇보다 방 한가운데에 로데오보이라는 승마 운동 기구가 비닐을 뒤집어쓴 채로 놓여 있다. 왜 죽은 형의 방은 옛날 그대로면서 살아 있는 나의 방은 창고인지……. 무어라 아니꼬운 말이라도 한마디하고 싶은 기분이 들었다.

형의 방은 지난 십오 년간 무엇 하나 변한 것이 없다. 어머니가 허락하지 않았기 때문이다. 요새는 어머니 말고는 누구도 그 방에 들어가지 않는다. 어머니는 지금도 가끔씩 혼자 형의 방을 청소하고서는, 서랍장에서 옛날 앨범을 꺼내서 추억에 잠긴다고 한다.

"엄마 한숨 소리가 계단 아래까지 들리는데 어찌나 섬뜩

했는지!"

누나가 나에게 살짝 말해 준 적이 있다.

나는 로데오보이에 걸터앉아 벽에 붙어 있는 다이요 웨일스의 포스터를 보면서 그런 생각을 하고 있었다. 그때 누나가 계단을 올라와 방문을 열었다. 나는 넌더리 난다는 표정으로 돌아보고는 짐짓 방 안을 둘러보았다. 누나는 입구에 선 채로 두 손 들었다는 듯 어깨를 움츠려 보였다.

"노망이라도 나셨나. 이런 건 쓰지도 않으면서……."

나는 앉아 있던 로데오보이를 통통 두드리고는 일어섰다.

"쓸쓸해서 그런 거 아닐까?"

"뭐가?"

"뭐가라니……."

누나는 '다 알면서.'라는 표정을 지어 보이며 방 안으로 들어왔다. 오랫동안 집과 멀리하면서 불효를 저지른 나를 말없이 비난하는 것 같다. 로데오보이와 책상 사이에 세워져 있던 교자상을 둘이서 끌어내 들어올린다. 생각보다 훨씬 무겁다.

"있잖아, 엄마가 무슨 얘기 안 해?"

나는 계속 신경 쓰였던 것을 물어봤다.

"응? 뭘?"

"아내에 대해서 말야."

"아니, 별로?"

누나는 웃음을 지으며 내 얼굴을 바라봤다.

"뭔가 걸리는 거라도 있나 해서, 재혼이라든가 그런 거……."

"그런 거 없을걸? 너한테는 아까울 정도로 훌륭하지."

누나는 전에도 했던 말을 그대로 반복했다.

누나는 나와는 반대로 성격이 쾌활해서 어릴 때부터 언제나 친구들에게 둘러싸여 있었다. 대학에서는 실컷 놀고도 취직까지 했지만 삼사 년 다니다가 결혼과 동시에 그만두고는 전업주부의 생활을 즐기고 있다. 어릴 때는 피아노다, 꽃꽂이다 교양 강좌마다 손을 댔지만, 어느 것도 오래가지 않았다. 금방 싫증 내는 누나의 성격이 아들인 무쓰에게 유전됐을지도 모른다.

"결혼만은 오래가야 할 텐데."

어머니는 그렇게 걱정하셨지만, 지금 보면 기우였다. 누나는 아버지를 닮아 콧대가 날렵한 미인형이어서, 학생때부터 꽤나 남학생들의 인기를 끌었다. 결혼해 달라는 선자리도 많아서, 그중에서 고르고 골랐을 것이다.

"다른 좋은 사람도 많았을 텐데……."

어머니는 나와 둘만 있을 때는 고개를 갸우뚱하며 의아해했다. 분명 내가 없는 곳에서도 누나에게 비슷한 소리를 했을 것이다.

아직 이 집에서 다섯이서 살던 때, 세 남매 중에 누가 가장 인기가 좋았는지 이야기한 적이 있다. 밸런타인데이 때 받은 초콜릿이나 러브레터 개수 등, 어느 쪽이나 형이 1등이었다. 그때 어머니가 끼어들더니 웬일로 내 편을 들어 주었다.

"료타도 중학교 때 졸업식 끝나고 교복 단추가 한 개도 남아 있질 않았다니까."

"애들이 괴롭힌 거 아냐?"

누나와 형이 놀리며 웃어 댔다.

"아니야. '기념으로 주세요.'라고 했어. 여자애들 줄이 길게 늘어졌었다니까. 그치?"

어머니가 나를 보며 동의를 구했다.

나는 어물쩍 웃으며 자리에서 일어났다. 형과 비교당하는 것은 예나 지금이나 싫었다. 공부도 운동도 발군이었던 형은 분명 인기가 많았던 데다, 흠잡을 곳이 없는 누구나 좋아하는 청년이었다. 뭐, 동생인 나로서는 흠잡을 곳이 없다는 점이야말로 흠이라고 생각했지만. 나는 형과 같은 중학교를 다녔던 탓에 선생님들로부터는 "네가 그 요코야마의 동생이니?"라는 말을 들으며 학교를 다녀야만 했다. 음악이든 만화든 소설이든 재미있는 것은 대부분 형에게서 배웠다. 네 살 위 형이라는 인물은 동생에게 있어서 대단한 어른처럼 보이는 존재였다. 지금 생각하면 그것은 10대였던 나에게 커다란 콤플렉스였으리라. 그래서 나는 어느 시기부터인가 형과는 다른 길을 선택할 것을, 의식적으로 결심했다. 학교에서 형이 유일하게 '수'를 받지 못했던 과목이 미술이었다. 그리고 초등학교와 중학교를 통틀어서 내가 유일하게 잘했던 과목이 미술이었다.

"그림 따위 잘 그려 봐야 커서 무슨 쓸모가 있겠어."

형은 성적표를 내려다보며 분한 듯이 중얼거렸다.

나는 누구와도 상의하지 않고 도쿄의 미대에 지원해서, 그대로 집을 나갔다. 내 나이 열여덟 살 때였다.

마쓰 스시의 고마쓰가 현관 턱에 걸터앉아 떠들고 있다. 하얀색 유니폼에는 대나무 문양이 새겨져 있다. 마쓰 스시[10]라면서 대나무라니, 살짝 우스운 생각이 들었다. 머리를 장인답게 짧게 쳐올려서 그는 조금 나이 들어 보이지만 나와 한 살밖에 차이나지 않는다.

10 　'마쓰'는 소나무라는 뜻.

"안 돼, 안 돼. 노망 나서 이젠 주문도 못 외운다니까요. 얼마 전에는 같은 손님한테 참치 뱃살을 몇 번이나 내줬다니까."

고마쓰는 아버지의 가게를 이어받아 꾸려 오면서, 지금은 젊은 직원도 한 명 두고 있다고 한다.

"그거 좋네, 다음에 다 같이 한번 가 볼까?"

계단에 걸터앉아 있던 나를 돌아보며 누나가 웃는다.

"아이고, 좀 봐 주세요. 가게 망해요. 지나미 선배는 농담이래도 겁난다니깐……."

고마쓰는 누나보다 중학교 일 년 후배였다. 이런 상하 관계는 세월이 흘러도 좀처럼 없어지질 않는다.

바깥은 한여름 더위가 기승일 것이다. 고마쓰가 받아 든 보리차를 맛있게 마셨다. 컵 속에서 얼음이 짤그랑 깔끔한 소리를 냈다.

각진 얼굴이셨던 고마쓰의 아버지는 침착한 성품을 가진 초밥 장인으로 솜씨도 좋고, 이 지역 상점가에서 가장 존경받는 존재였다. 마쓰리 같은 때는 핫피[11]를 입고 자치회 텐트 제일 안쪽에 앉아 있으면, 다들 그곳으로 인사를 하러 가던 모습이 기억난다. 어머니는 지금 눈앞에 앉아 있는 아들이 물려받으면서 맛이 달라졌다고 주장한다.

"그 집은 며느리가 잘못됐어."

그렇게 뒤에서 흥을 보면서도, 그럼 다른 초밥집에다 배달시킬까 하고 물으면 또 결코 그러지는 않는다. 일단 흥부터 보는 것이 긴 세월을 살아오면서 어머니 몸에 밴 삶의 방식이었다.

---

11 축제 때 주로 걸쳐 입는 일본 전통 옷.

"아버님 연세가 어떻게 되셨지?"

음…… 잠시 생각하더니 고마쓰가 말한다.

"칠십, 둘인가?"

"어머 뭐야, 우리 집이랑 똑같잖아."

누나가 놀라며 진찰실을 가리켰다.

"그래요? 선생님 젊어 보이시던데, 빠릿하시고."

"그런 걸 빠릿하다고 하나?"

누나는 지긋지긋하다는 듯 고개를 가로저었다.

"은퇴하고 조용히 지내시죠? 차라리 부럽네요."

"본인은 아직 계속하고 싶어 했던 거 같은데, 눈이 안 좋아서 말야, 뭐라더라, 백내장이었나?"

아마 삼 년쯤 전에 어머니에게서 전화로 그런 얘기를 들었던 적이 있다.

"아냐, 녹내장이야."

누나가 손가락으로 자기 눈을 가리키며 말했다. 어느 쪽이든 나는 그 구별이 잘 안 가는 데다 관심도 없었다.

"마침 가까운데 종합 병원 큰 거 들어서면서 그만두기 딱 좋았잖아?"

"체면 구기지 않고 잘 넘겼지."

나는 진찰실 쪽을 턱짓으로 가리키며 말했다.

"초밥 왔다!"

부엌에서 어머니의 목소리가 들려왔다.

"네에!"

마당에서 놀던 사쓰키와 무쓰가 대답한다. 어머니가 지갑을 들고 와서 누나 옆에 나란히 앉았다.

"여기 2만 엔."

고마쓰가 일어서서 허리춤에 차고 있던 힙색 안을 뒤진다.

"그럼, 거스름돈이 3000하고, 200만 엔!"

"좀 깎아 주라, 이렇게나 많이 시켰는데."

"좀 봐 주세요. 성게알도 마누라 몰래 넣었단 말예요."

괜찮다고, 일부러 그럴 거 없다던 누나는 결국 어머니에게 전화를 시켜서 상(上)에는 들어가 있지 않은 성게알을 특별히 추가했던 것이다.

사쓰키와 무쓰가 앞다투어 달려오더니 현관 마루에 놓여 있던 커다란 초밥 쟁반을 들어올렸다.

"사쓰키였나? 많이 컸네!"

고마쓰가 사쓰키의 얼굴을 바라보며 말했다.

"여름 방학 동안 1.5센티!"

사쓰키가 다시 한 번 하얀 이를 보였다. 가슴 앞으로 쟁반을 소중하게 감싸 안은 무쓰도 돌아보며,

"검도 관뒀어!"

라고 내던지듯이 말하고는 거실로 달려갔다.

"너한테는 안 물어봤어."

달려가는 등 뒤에 대고 누나가 말했다. 그 한마디에 다같이 웃었다.

"자, 그럼."

고마쓰도 웃으며 일어서더니 남아 있던 보리차를 모두 마셨다.

"아, 맞다. 까먹을 뻔했다."

고마쓰가 그렇게 말하고는, 뒷주머니에서 반으로 접힌 부의금 봉투를 꺼내더니 주름을 펴면서 어머니에게 건넨다.

"이거, 드리라고……."

고마쓰가 지금까지와는 전혀 딴판으로 바뀌어 의젓한 목소리로 말했다.

"어머, 뭐 이런 걸 다……."

어머니가 난처한 듯이 말했다. "이젠 독경도 올리지 않는데……."

"그게, 저희 집사람이 중학교 때 준페이 씨 후배 되는데, 그때 밸런타인데이 초콜릿을 준 적이 있다고……."

고마쓰는 난감하면서도 어딘가 불만스러운 듯 어색한 표정을 하고 있다.

"그랬어? 그럼, 감사히 받을게요."

어머니는 깊이 고개를 숙이며 부의금 봉투를 가슴에 받아 들었다.

"쪼옴, 이런 거 들고 왔으면 미리 좀 얘기해 줘야지. 깎아 달라고 한참 조르고 난 뒤에 이러면 어떡하니!"

숙연해진 분위기를 바꾼 것은 누나였다.

"껌뻑껌뻑 하치베[12]라 죄송합니다."

"부의금 내고 꾸중까지 듣자니, 못 할 노릇이네요."

나는 누나의 어깨 너머로 고마쓰에게 웃음을 지어 보였다.

'그렇지?'라며 고마쓰는 나를 향해 익살맞은 표정을 지었다.

"그럼, 올라와서 향이라도 피워요."

어머니가 거실을 가리키며 엉거주춤 일어났다.

"아녜요, 차림새도 이렇고. 빨리 돌아가지 않으면 아버지가 무슨 일을 저지를지 몰라서."

12   일본의 오래된 방송극 「미토 고몬」에 나오는 등장인물.

고마쓰는 힙색 지퍼를 기세 좋게 닫고는 "언제나 찾아 주셔서 감사합니다."라며 머리를 숙이고는 돌아갔다. 현관에서부터 바깥 도로까지 포석이 깔려 있다. 그 위를 밟고 가는 나막신 소리가 매미 소리 너머로 멀어져 간다.

"어엿한 어른이 다 됐네……."

누나가 말했다.

"옛날에는 나쁜 짓도 꽤나 하고 다녔는데."

고등학교를 중퇴하고서 한때는 심하게 비뚤어진 생활을 했다고 들었다.

"댁네 자녀들은 셋 다 곧게 자랐는데, 우리는 가게 이름이 소나무라서 아들이 비뚤어져 버렸는가 봐요."

배달 오신 고마쓰의 아버지가 바로 이 현관 턱에 앉아서 그런 푸념을 늘어놓던 모습이 기억난다.

"사람 일이라는 건 알 수가 없는 노릇이네……."

어머니도 같은 생각인지, 부의금 봉투를 바라보며 처연하게 말했다.

"잘 먹었습니다!"

마지막으로 남겨 뒀던 계란말이 초밥을 입안에 던져 넣은 사쓰키가 벌떡 일어섰다.

"벌써 다 먹었어?"

그 뒤에 대고 누나가 묻는다. 사쓰키는 입안에서 우물우물 무어라 대꾸하면서 복도를 뛰어갔다. 쟁반에는 아직 삼분의 일이나 초밥이 남아 있다. 욕실에서 달그락거리는 소리가 나더니, 잠시 후 수박을 가슴에 끌어안고서 뒤뚱뒤뚱 걸어 돌아 나왔다.

"어머, 사쓰키, 조심해라."

부엌에서 차를 끓이던 어머니가 놀라 말했다. 사쓰키는 아버지가 앉아 있던 좌식 의자 뒤를 지나서 그대로 툇마루로 향했다. 수박에서 흘러내린 물방울이라도 튀었는지 아버지가 얼굴을 약간 찌푸렸다. 아버지는 유카리가 따라 준 맥주를 마시면서, 노부오가 가져온 신차 카탈로그를 대강 넘겨보고 있다.

"치사해!"

자기 누나의 모습을 발견한 무쓰가 황급히 젓가락을 내려두고 일어섰다. 둘은 툇마루에 있던 성인용 샌들을 신고 마당으로 내려갔다.

"안 잘라도 된대?"

찻잔을 올린 쟁반을 들고 부엌에서 돌아온 어머니가 누나에게 물었다.

"쪼개기 하고 싶대."

누나는 질렸다는 듯 말하며, 사쓰키가 남긴 초밥을 먹는다. 아마도 둘은 수박 깨기가 하고 싶은 모양이다.

"아쓰시 군은 안 하니?"

어머니가 이번에는 옆에 앉은 아쓰시의 얼굴을 바라봤다.

"네, 괜찮습니다."

아쓰시는 똑부러지게 거절했다. 저런 아이들 놀이에는 전혀 흥미가 없는 것 같다.

"괜찮아?"라고 유카리가 묻는다. 그 목소리에는 '같이 놀지그래?'라는 울림이 강하게 심겨 있었다. 하지만 아쓰시는 모른 척 "응."이라고 강하게 끄덕일 뿐 고개를 들려고도 하시 않았다.

사쓰키와 무쓰는 수박을 잔디 위에 내려놓고는, 내려칠

만한 걸 찾으러 다시 툇마루를 올라와 거실로 달려왔다. 마당은 십오 평 넓이에 소철이나 감나무 같은 정원수와 분재가 몇 개 늘어서 있다. 분재는 아버지가 환갑을 넘길 즈음 한 환자에게 추천을 받아 시작했다. 일반인의 눈으로 봐도 값어치가 나가 보이는 것은 하나도 없었다. 하지만 아버지에게 있어서는 진찰실 외에 당신이 있을 곳이 생겼다는 것으로도 충분히 의미가 있었는지도 모른다. 거실 툇마루를 내려가면 바로 정면에 백일홍나무가 있어서, 여름부터 가을까지 붉은 꽃이 핀다. 지금도 분홍색 꽃이 9월의 햇빛을 받아서 예쁘게 빛나고 있다. 아버지는 무엇보다 이 나무에 애착이 있는 듯했다. 아마도 이곳에 병원을 개업하면서 같이 심었기 때문일 것이다. 슬슬 꽃이 떨어질 때가 됐는지, 시들어서 갈색으로 변한 꽃잎들이 나무 밑동 주변에 흩어져 있다. 최근에는 나도 형의 기일에나 본가에 오게 되면서, 언제나 백일홍이 떨어질 때쯤 이렇게 거실에서 바라보곤 한다. 어쩌다 다른 계절에 들러서 마당에 백일홍이 피지 않았거나 하면, 내 집이 아닌 것 같은 기분까지도 든다.

"해가 갈수록 붉은 끼가 옅어지는 거 같아……."

이 계절이 되면 어머니는 꽃을 올려다보면서 매년 같은 말씀을 하신다. 그럴 때마다 누나에게서 그럴 리 없다는 핀잔을 듣는다. 어머니의 말이 진짜인지 아닌지 옛날 사진을 보여줘도 나는 잘 모르겠다.

"욕실에 손잡이 설치했어요?"

내가 어머니에게 물었다.

"응. 작년에 늬 아버지 넘어지셨잖니."

어머니가 얼굴을 찌푸리며 하는 말을 듣고, 아버지의 얼굴빛이 갑자기 어두워졌다.

"아, 그랬지."

라며 누나가 말했다. 나도 그 이야기를 누나한테 전화로 들었던 것을 어렴풋이 기억해 냈다.

"엉덩이에 이렇게 커다란 멍이 들었어."

어머니는 양손의 엄지와 검지로 큰 원을 만들어 보였다.

"어머, 위험하셨겠어요."

유카리가 걱정된 얼굴로 아버지를 봤다. 자존심 강한 아버지는 나이 들었다고 노인 취급 받는 것을 싫어해서, 전차에 탔을 때 자리를 양보받으면 오히려 기분 나빠하는 분이었다.

"다 당신이 비누를 쓰고서 바닥에 두니까 그랬던 거잖아."

아버지는 시선만 어머니를 향했다.

"난 안 그랬어요."

어머니의 말투는 아무렇지도 않은 것 같았지만, 아무렇지도 않은 만큼 은근히 말에 가시가 있었다.

"나왔네 나왔어. 걸핏하면 남 탓 하는 게 특기야."

누나가 놀리듯이 말했다. 아버지에게 이런 말을 할 수 있는 것은 이 집안에서 누나뿐이다. 그때 무쓰가 배트를 끌어안은 채 툇마루에서 마당으로 다시 뛰어 내렸다.

"얘, 그런 걸로 때리면 나중에 못 먹게 되잖아."

"으깨진다."

맥주를 마시던 노부오도 누나를 거들었다. 무쓰가 들고 온 나무 배트는, 내가 초등학교 시절에 썼던 것이다. 분명 실내 현관의 우산 꽂이에 같이 꽂혀 있던 걸 재빨리 발견했을 것이다. 사쓰키도 소풍갈 때 쓰는 비닐 시트를 부엌에서 들고 나와서는 무쓰의 뒤를 따라 마당으로 나갔다.

"욕실 타일도 꽤 떨어져 있던데."

나는 화제를 욕실로 돌렸다.

"오래되니까 여기저기 떨어져 나가도 손쓸 수가 없어."

차를 따른 찻잔을 돌리며 어머니가 말했다.

"아, 제가 나중에 고쳐 드릴게요."

초밥을 입안 가득 넣은 채로 노부오가 말했다.

"그럴 거 없어요, 그래도 사위는 손님인데."

어머니가 미안한 듯이 말했다.

"뭐든 하고 있는 편이 안심이 된대요."

라고 누나가 말했다.

"참치랑 똑같아서, 계속 움직이지 않으면 죽는다니까요."

"일을 그렇게 하면 얼마나 좋아."

누나가 한숨과 함께 중얼거리며 고개를 갸웃했다.

그러고 보면 노부오는 출세와는 연이 없어 보였다. 뭐, 나한테 들을 만한 소리는 아니지만······.

"얼마 전에도 이렇게 생긴 걸 2층까지 올려다 줬어."

어머니는 허리를 돌리며 춤추는 듯한 동작을 해 보였다.

"로데오보이 말야?"

나도 모르게 누나 쪽을 바라봤다. 거기서 천천히 노부오에게 시선을 옮겼다. 어떻게 저런 무거운 것을 2층까지 옮겼는지 의아하던 차였는데, 이 사람이 해 놓은 일임을 알고서야 수긍이 갔다.

"저 정도야 식은 죽 먹기죠."

노부오는 내가 그런 생각을 하는 줄도 모르고, 그저 칭찬받아서 즐거운 표정이다.

"아빠!"

"아빠! 빨리 와!"

마당에서 사쓰키와 무쓰가 큰 소리로 부른다. 백일홍나무 옆에 펼친 비닐 시트 위에 수박을 내려놓고 언제든 놀이를 시작할 태세다. 둘은 누가 먼저 술래를 할지 정하느라 눈가리개를 가지고 옥신각신했다.

"알았다, 알았어."

노부오는 기세 좋게 답하더니, 아쉬운 듯 초밥 하나를 입 안으로 던져 넣고는 "잠시 실례."라고 말하며 옆에 앉아 있던 아버지 손에서 자동차 카탈로그를 낚아챘다.

아버지는 어이없다는 표정이 역력했다. 하지만 노부오는 전혀 개의치 않고, 이번에는 내 앞에 그 카탈로그를 들이밀었다.

"처남도 말야, 가족도 늘었겠다, 슬슬 RV 같은 거 장만하는 게 어때? 서비스 확실하게 해 드릴게."

노부오는 그렇게만 말하고는 아이들이 기다리는 곳으로 달려가 버렸다. 나는 도리 없이 카탈로그에 시선을 내려다보았지만, 애초에 RV가 무슨 뜻인지조차 모른다.

"도쿄에 살면서 자가용 같은 건 필요가 없으니……."

나는 앉아 있던 방석 옆으로 카탈로그를 밀어 놓으며 말했다.

"난 말야, 아들이 모는 차를 타고 장 보러 가는 게 옛날부터 꿈이었는데 말야……."

몇 번이나 들어 왔던 넋두리를 어머니는 이번에도 되풀이한다.

"자식이란 게 좀체 부모 마음처럼 자라 주질 않네요."

누나가 짓궂은 웃음을 짓는다. 누나도 나처럼 어머니가

바라는 대로는 자라지 않았으면서, 어느샌가 자식에서 부모로 입장을 바꿨다. 이런 점이 누나의 약삭빠른 면이다.

"그러네요, 좀처럼 바라는 대로는 잘……."

유카리마저 그렇게 말하더니 셋이 서로 얼굴을 마주 봤다.

"그러게 말이다……."라는 어머니의 한숨 같은 한마디에 여자들은 웃으면서 고개를 끄덕였다.

"자동차 같은 거 얼마든지 태워 드릴게요!"

나는 카탈로그를 다시 주워서 거칠게 페이지를 넘겼다.

"뭐가 좋아? 이거? 하얀 거?"

그렇게 말하며 사진을 가리켜 어머니에게 보였다.

"말은 잘해요. 운전면허도 없는 주제에."

라고 누나가 말했다. 아버지는 아무 말 없이 씁쓸한 맥주를 마시고 있다.

"밥 더 줄까?"

빈 밥그릇에 어머니가 손을 내밀었다.

나는 배를 문지르며 "됐어."라고 짧게 대답했다.

"아직 젊은데 더 먹어야지, 안 그러니?"

어머니가 유카리에게 동의를 구한다.

"내가 몇 살인 줄 아는 거야."

나는 차를 한 모금 마셨다.

"이 이상 더 크셔도 곤란하지."

누나는 그렇게 말하며 유카리의 얼굴을 바라봤다.

"너, 이는 괜찮니?"

어머니는 어금니 사이에 끼인 옥수수 알을 젓가락 끝으로 집어내면서 나에게 물었다.

어머니는 만날 때마다 내 이를 걱정한다. 한번은 설날에 고향에 돌아와 잠을 자는데, 어머니가 내 입을 벌리는 바람에 놀라 깬 적도 있다. 어머니는 베개 맡에서 나를 내려다보면서 "충치가 있지는 않은가 해서 말이야."라며 웃고 있었다. 어머니는 당신이 틀니를 하는 데 유난히 신경을 쓰는 탓에 매년 연하장을 쓸 때 마지막에는 반드시 "꼭 치과에 다녀오렴."이라고 쓰곤 하셨다.

어머니가 입원하셔서 병문안을 갔을 때도, 오히려 내 이를 걱정하셨던 게 기억난다. 지주막 출혈이었던 어머니의 수술은 성공적이었으나 그 후 조금씩 치매기가 보이기 시작했다. 이미 돌아가신 아버지를 두고 "오늘 안 오시니?"라고 묻거나, 병원과 집을 혼동하시곤 했다. 다른 환자의 병문안 손님 목소리를 듣고는 "누구 찾아오셨어요?"라고 물으며 침대에서 일어나, 차를 끓이려고 부산을 떨기도 했다. 얼마 후에는 유카리는 물론, 누나 이름도 기억하지 못하게 되었다. 나에 대해서만 간신히 알아보는 정도였으나, 그조차도 마지막에는 형과 혼동하기 시작했다. 아무것도 하지 못하는 나로서는 너무 분하고 답답했다. 더 이상 대화하기 어렵게 되었을 때, 나는 문득 병상에 누운 어머니에게 입을 크게 벌리고 말을 걸어보았다.

"나 충치가 생긴 거 같아."

그 말을 들은 어머니는 갑자기 정신이 돌아온 것처럼 미간을 찌푸렸다.

"일른 치과에 가 보라니까. 빼야 할 때는 이미 늦어. 충치 하나 생기면 그 옆에 것도 금방 썩는다고."

어머니는 옛날 나에게 하던 잔소리를 그대로 반복했다.

기뻤다.

틀림없는 나의 어머니였다.

그리고, 그 어머니가 지금 내 눈앞에서 사라지려고 한다. 그 사실을 깨닫자 나는 돌연 두려운 마음이 들었다.

어머니가 돌아가신 후, 나는 그제서야 치과에 가기 시작했다.

"조금만 일찍 오셨으면 빼지 않고도 치료할 수 있었을 텐데요."

치과 의사가 말했다. 전부 치료하는 데는 일 년이 걸렸다.

이때도 내가 어머니의 잔소리를 외면하자,

"어차피 치과에 가지도 않을 거지?"

라고 재차 물어왔다.

"일이 바빠서 말야."

나는 귀찮은 듯이 대꾸하고, 셔츠 주머니에서 휴대 전화를 꺼냈다. 전화가 온 것 같은 느낌이 들었기 때문이다.

"넌 날 닮아서 이가 약하니까 신경 써야 해. 잠깐, 아 해 보렴, 아앙."

어머니는 교자상 위로 몸을 내밀면서까지 당신도 입을 크게 열어 보였다. 그 모습에 누나는 대굴대굴 구르듯이 웃는다.

"그만 좀 해요. 애 앞에서."

나는 아쓰시를 슬쩍 봤다. 아쓰시는 모르는 체하는 얼굴로 초밥을 먹고 있다. 전화는 오지 않았다. 나는 휴대 전화를 다시 주머니에 넣었다.

"뭐야? 일이야?"

그 모습을 보던 어머니가 걱정스럽게 말했다.

"응, 좀, 세타가야 미술관에서 부탁받은 급한 일이 있어서 말야."

나는 입에서 나오는 대로 말해 버렸다. 옆에 앉아 있던 유카리의 젓가락질이 내 말에 움직임을 멈췄다.

"어머, 유화?"

어머니는 들떠서 목소리를 높였다.

"응…… 뭐…… 그런 거지."

나는 어머니의 물음에 애매하게 끄덕였다. 어머니는 소위 말하는 일반적인 의미에서 배움은 없었지만, 음악이나 그림 같은 것은 젊었을 때부터 좋아했던 모양이다. 요즘에는 시에서 운영하는 노인 복지 센터 같은 데서 '그림 편지'를 배우고 있다고 한다. 내 앞으로 보내 온 엽서에도 수채화로 색이 입혀진 그럴듯한 그림이 곁들여져 있었다. 레몬, 고구마, 감, 토마토를 심은 화분, 나팔꽃…… 특별한 피사체는 하나도 없었다. 특별하지 않기 때문에 더욱, 지금 다시 보면 어머니의 일상이 선명하게 되살아난다. 피망, 사과, 수선화, 도토리, 가지, 비파 열매. 한번은 전갱이포 그림을 두고 "잘 그렸네."라고 칭찬을 해 드렸더니 어머니가 몹시 기뻐했다.

"상상해서 그리면 안 된대. 눈앞에 두고 좌우지간 시간을 들여서 잘 보라고 선생님이 말해 줬어."

돌아가신 뒤에 본가에 있는 어머니의 서랍장을 정리하다 보니, 똑같이 전갱이를 그린 엽서가 몇 장이나 나왔다. 분명 잘 그릴 때까지 몇 번이나 연습한 뒤에야 나에게 보냈을 것이다. 확실히 내 앞으로 도착한 엽서에 그려진 전갱이가 가장 맛있어 보였다. 그리고 그 전갱이 그림 옆에는 "칼슘은 챙겨 드십니까?"라는 한마디가 쓰여 있었다. 분명 충치를 걱정하셨을

것이다. 지금 그 엽서는 모두 불단 서랍 안에 소중히 보관하고
있다.

"그러고 보니까 요전에 신문에서 회화 복원에 대해서 나
왔더라. '그림의 의사 선생님.'이라고 쓰여 있더라고."

누나의 말에 신문을 읽고 있던 아버지가 "훗." 하고 웃은
듯한 느낌이 들었다.

"어머? 어디 신문?"

어머니가 누나에게 물었다.

"뭐였더라……. 다음에 찾아서 보내 줄게."

"넌 맨날 그렇게 말만 하고 한 번도 보내 준 적 없잖아."

"죄송함다ㅡ."라며 누나가 혀를 날름 빼물었다.

어머니와 누나의 대화보다도, 나는 아버지의 반응이 더
신경 쓰였다. 누나도 굳이 일부러 의사라는 단어를 붙여 가며
복원일을 설명하지 않아도 됐건만.

"뭐, 의사랄 만큼 그렇게 대단한 건 아니야. 의료라기보다
는 안티에이징 같은 거지."

"어머, 멋지네. 나도 좀 부탁하자, 야."

누나가 유카리의 얼굴을 바라보며 너스레를 친다.

"그러게요."라고 유카리도 웃으면서 내 쪽을 바라봤다.
그 웃음에는, 임기응변으로 시작한 거짓말을 점점 키워 가는
나를 향한 무언의 메시지가 담겨 있었다.

"뭐야? 그 안티 어쩌고 하는 게……?"

어머니는 고개를 갸웃거렸다.

"엄만 이제 괜찮을 거 같은데?"

"어머님은 아직 젊으셔서 전혀 필요 없으실 거 같아요."

"나도 좀 자신이 없겠는데?"

그렇게 말하며 우리들 셋은 웃었다.

"뭐야, 나만 쏙 빼놓기야?"

어머니는 살짝 삐친 듯한 표정을 지었다. 그 얼굴을 보고 우리는 다시 한 번 크게 웃음을 터뜨렸다. 아버지만이 변함없이 잠자코 신문을 읽고 있다.

"뭐, 이 일도 이제야 좀 주목받기 시작해서, 내가 졸업한 대학에도 지원자가 매년 늘어나는가 봐. 다만 취업 문이 좁아서 막상 취직하자면 경쟁률도 치열하고……."

그것은 아버지를 향한 최대한의 허세였다. 그러나 아버지는 아무런 반응을 보이지 않는다.

말할 상대를 잃은 나는 "그렇지……?"라며, 도움을 청하듯 유카리를 바라봤다.

"그렇다나 봐요……?"

유카리는 양 볼에 보조개를 지으며 웃어 보이고는, 컵에 절반 남은 맥주를 단숨에 들이켰다. 그 표정은 진심으로는 웃지 않을 때의 그것이었다.

"너는 옛날부터 손재주가 좋았으니까……."

어머니가 말했다.

내 손재주는 당신의 유전이라고 어머니는 옛날부터 말하곤 했다. 실제로 어머니는 정식으로 배운 것도 아니면서 요리며 재봉이며 눈대중으로도 곧잘 따라했다. 겨울에는 직접 짠 스웨터나 카디건을 자주 입었고, 오늘 입고 있는 연보라색 꽃무늬 원피스(라기에는 시골 할머니들이 즐겨 입을 법한 몸뻬에 가까웠지만.)에도, 옷깃에 예쁘게 레이스가 박음질되어 있다. 아마도 손수 만들었을 것이다. 그 레이스의 하얀색이, 어머니에게 있어 오늘이 특별한 날이라는 것을 말해 준다. 다만 그 손재주라는 게 어디까지나 아마추어 수준에 불과할 뿐 프로라기에는 부족했다. 그런 부분까지 어머니를 닮아 버린 것이 나로서는 그저 한심하게 느껴질 뿐이다.

"술이 꽤 센가 봐."

유카리의 빈 컵을 보고 누나가 말했다. 그렇게 말하는 누나도 세 남매 중에는 제일 술이 셌다.

"네, 저희 어머니를 닮아서요."

나는 술을 거의 마시지 못하지만, 유카리는 아무리 마셔도 얼굴에 티도 안 나고 흐트러지는 경우가 없다.

"유키에 씨도 술 엄청 잘 마셨잖아."

어머니가 그리운 듯 말했다.

"같이 마시면 볼만하겠는데……?"라고, 누나도 맞장구를 친다.

무슨 얘긴가 싶은 표정인 유카리의 귀에 대고 속삭였다.

"형수 얘기 하는 거야."

"아아."라며 유카리는 고개를 끄덕이고는, 누나가 권하는 맥주를 다시 한 모금 마셨다.

"지금 어디에 살고 있으려나?"

누나가 어머니에게 물었다.

"연하장 주소는 안 바뀌었더라. 분명 도고로자와였어."

"요샌 뭐 하고 지내려나?"

나는 피부가 하얗던 그녀의 얼굴을 떠올리며 말했다. 두세 번밖에는 만난 적이 없었지만, 옆모습이 아름다운 사람이었다.

"박복하게 생겼네……."

형이 처음 여자 친구를 집에 데리고 온 다음 날, 어머니는 부엌에서 차를 홀짝이며 늘 그러듯 불길한 소리를 흘렸다. 인사라도 하러 오라는 형의 말을 듣고서 나는 오랜만에 본가에 갔다. 하지만 그 이상 집에 미물렀다가는 하루 종일 어머니의 불평불만을 듣게 될 것만 같아서 일찌감치 집을 나섰다.

형이 죽은 후에도 또,

"역시나 그 며느리가 운이 안 좋았던 거야."

라고 사고와는 전혀 관계없는 그녀 탓을 하면서 한숨을 내쉬었다. 그렇게라도 하지 않으면 앞으로 어머니가 살아갈 수 없었기 때문이리라고는 생각했지만.

얼마 후에 유키에 형수는 이 집을 떠나서, 우리가 모르는 사람과 재혼했다. 아이도 둘 낳았다고 들었다.

"손주라도 있었더라면, 이런 날 부르기도 편했을 것을……."

어머니가 말했다.

"재혼하면 오기 힘들지."

누나까지 그렇게 말하자 분위기가 좀 숙연해졌다.

"뭐, 생각하기에 따라선 차라리 애 낳기 전이었던 게 낫지."

아까부터 아무 말 없이 신문을 읽고 있던 아버지가 갑자기 끼어들었다.

"애 딸린 과부였으면, 재혼도 어려웠을걸."

그렇게 말하고는 오른손 엄지손가락에 침을 묻혀 큰소리로 신문을 넘겼다. 어머니도 누나도 나도, "애 딸린 과부"였던 유카리를 바로 볼 수가 없었다. 아버지가 배려심이 부족한 데는 이미 이골이 났지만, 이 정도 무신경에는 세 사람 모두 도무지 다음 말을 찾지 못했다.

"저는 운이 좋아서 좋은 사람 만났네요."

어색해진 분위기를 알아차리고 농담을 던진 이는 유카리 본인이었다. 그 말에 그나마 분위기가 누그러졌다.

"아니에요. 이쪽이야말로 행운이지요."

누나가 익살맞게 머리를 조아렸다.

"그건 누나가 할 소리가 아니지."

나는 간신히 웃어 보였다.

그런 식으로 우리가 애쓰고 있음에도, 당사자인 아버지는 전혀 알아차리지 못한 것 같았다.

"유카리 씨, 료타 어렸을 때 사진 보여 줄까?"

어머니가 분위기를 바꾸려고 유카리에게 권했다.

"네, 보고 싶어요."

유카리는 나를 향해 '봐도 돼?'라며 눈짓했다.

"보고 싶지 않다고 해도 어차피 보여 줄 거잖아."

나는 이미 포기하여 말했다. 여자 친구를 집에 데리고 올 때마다, 어머니는 오래된 앨범을 서랍 채로 들고 와서 보여 주곤 했다. 그런 식으로 처음엔 친근하게 대하다가도, 여자 친구가 돌아간 뒤에는 반드시 이러쿵저러쿵 트집을 잡았지만 말이다.

유카리가 어머니에게 이끌려 자리에서 일어났다.

"나도 대학교 때 찍었던 사진 하나 가져가고 싶어."

누나가 "으이쌰."라며 어머니가 습관처럼 내던 소리를 따라 하며 같이 일어섰다.

"아쓰시 군도 오렴."

어머니가 아쓰시 어깨에 손을 짚었다. 아쓰시는 의외로

순순히 일어났다. 분명 남자 셋이 이 자리에 남겨지는 것이 싫었을 것이다.

마당에서는 사쓰키가 수박을 끌어안고서 눈가리개를 한 노부오 주변을 돌며 뛰어다닌다.

"얘들아, 수박은 쪼갰어?"

일어섰던 누나가 물었다.

"아직!"

사쓰키와 무쓰가 입을 모아 대답했다.

누나는 "아직이니."라고 중얼거리며 응접실로 향했다. 그러다가 무언가 생각난 듯 복도에 멈춰 서더니, 거실 창호문 뒤에서 고개를 내밀어 나와 아버지를 들여다봤다.

"그럼, 의사 선생님 두 분이서 좋은 시간 보내십시오."

그렇게 놀리듯 말하더니 복도를 빠져나갔다.

거실에는 아버지와 나 단둘이 남겨졌다. 마당에서는 노부오 대신에 눈가리개를 한 무쓰가 뱅글뱅글 제자리 돌기를 하고 있다. 사쓰키의 웃음소리가 한층 크게 울려 퍼졌다. 아버지는 마당에서 벌어지는 모습은 거들떠보지도 않고 신문에만 시선을 떨구고 있다.

"거 있잖아…… 그 다카마쓰 고분 벽화는 어떻게 된 거냐…… 수리 말야."

아버지는 맥주를 입으로 옮기며 슬그머니 물었다. 신문을 읽고 있던 것이 아니었다. 분명 얘깃거리를 찾고 있던 것이다.

"복원이요, 수리가 아니고."

나는 표고버섯튀김을 입안으로 넣었다. 이미 식어서 맛은 없었다.

"고분을 있는 그대로 보존할지 「아스카 미인」이라는 국보

벽화 있잖아요, 우표에도 나왔던…… 그걸 보호할지를 두고 계속 논쟁을 벌여 왔어요. 그러다 결국, 문화청이 문화재 원형 보존주의를 뒤집는 이례적인 판단을 내려서 해체하기로 했는데, 아마 십 년은 걸릴 거예요. 그거 하는 데."

"어이, 이봐!"

눈앞에 앉아 있던 아버지가 갑자기 일어서서 툇마루로 걸어 나갔다. 마당에서는 무쓰가 휘두르는 배트가 백일홍나무를 스쳐서 꽃가지가 위아래로 거칠게 흔들리고 있었다.

"멈추지 못해! 아주 귀한 거란 말이다."

아이들을 향해서 말한다기에는 상당히 엄한 어조였다.

"죄송합니다."

당황한 노부오가 머리를 조아렸다. 손뼉을 치며 술래를 이끌던 사쓰키가 무쓰의 손을 붙들었다.

무쓰도 그 목소리에 놀라서 눈가리개를 벗고 무슨 일인가 아버지를 돌아봤다. 나는 다음에 하려던 말을 삼킨 채로 그 모양을 지켜봤다. "화나셨다……."라며 노부오는 잠시 쓴웃음을 지었지만 셋은 곧바로 다시 수박 깨기를 이어 갔다.

툇마루에서 마당을 내려다보던 아버지는 아직 뭔가 더 하고 싶은 말이 있는 것 같았지만, 발자국 소리만 크게 내면서 내 앞으로 돌아왔다.

"그래서, 밥은 먹고 다니냐?"

그렇게 말하며 자리에 앉았다.

결국 아버지의 관심사는 그것밖에 없던 것이다. 진지하게 복원에 대해서 이야기하려던 내가 바보였다.

"덕분에, 애 딸린 과부 먹여 살릴 정도는 돼요."

나는 나대로 최대한 아니꼬운 감정을 담으려고 했지만,

아버지에게 얼마나 전해졌는지는 알 수가 없다. 아버지는 이미 말라 버린 초밥에서 생선만 손가락으로 집어 올리고는 간장에 찍어 먹었다. 나는 어머니가 만들어 놓은 오이절임을 연달아 두 개 집어먹었다. 한동안 거실에는 내가 먹은 오이 씹는 소리만이 퍼져 갔다. 그때 무쓰가 휘두른 배트가 수박을 명중했는지, 콰직 하는 소리가 나면서 세 사람의 환호성이 터졌다. 우리 둘은 아무 말 없이 마당에서 벌어지는 상황을 보았다. 백일홍은 햇빛을 가득 받으며 붉은빛을 알아볼 수 없을 만큼 빛나고 있었다.

아버지는 마지막까지 야구 얘기는 꺼내지 않았다.

"저는 이다음에 커서 아버지와 같은 의사 선생님이 되겠습니다. 형은 외과, 저는 내과입니다. 아버지는 언제나 하얀 가운을 입고 있습니다. 환자로부터 전화를 받으면 한밤중에라도 가방을 들고서 달려나갑니다……."

마당에서 무쓰가 쪼갠 수박을 먹기 좋게 칼로 잘라서 접시에 담았다. 내가 그 접시와 배트를 들고서 응접실로 향하는데, 방 안에서 내가 초등학교 시절에 썼던 작문을 읽는 누나의 목소리가 들려왔다.

나는 문을 열고 들어가 누나에게 가서는, 손에 들려 있던 작문을 거칠게 낚아챘다.

"맘대로 좀 읽지 말란 말야!"

앨범을 구경하고 있던 유카리가 놀라서 나를 돌아봤다.

"글짓기 좀 읽은 게 뭐 어떠니. 별것도 아닌 걸로 정색하기는."

기껏 작문을 읽은 걸로 정색을 하는 나를 향해 누나가 질색하며 받아쳤다.

아쓰시도 나를 올려다보고 있다는 게 느껴졌다.

"이런 건 이제 그만 좀 버려요."

나는 수박이 담긴 접시를 탁자 위에 놓고, 손에 들린 작문을 거칠게 말아서 뒤도 돌아보지 않고 방을 나왔다. 누구라도 떠올리고 싶지 않은 어린 시절의 자신을 하나둘쯤 가지고 있을 것이다. 그 기억의 상자를 멋대로 열어서 들여다볼 권리는, 아무리 가족에게라도 없다. 무쓰가 수박 쪼개기에 썼던 배트를 실내 현관의 우산 꽂이에 꽂아 넣는데 배트 끝이 딱딱한 콘크리트 바닥에 부딪혀 큰 소리가 났다. 툇마루에 나란히 앉아 수박을 먹는 노부오와 아이들의 소란스러운 목소리가 거실을 통해서 들려온다. 나는 그 목소리로부터 도망치듯 응접실 옆에 놓인 계단을 뛰어 올라갔다.

"저런 건 딱 자기 아버지랑 똑같다니까."

누나가 나에게 들으라는 듯이 일부러 큰 목소리로 말했다. 나는 서둘러 내 방으로 들어가 문을 닫았다. 누나의 목소리가 겨우 사라졌다. 둘둘 말은 작문을 아무리 그래도 쓰레기통에 버릴 수는 없어서, 중학교 때부터 써 왔던 책상 위로 던졌다.

책상 위에는 어머니가 산 「쇼와의 기억」이 산처럼 쌓여 있다. 작문이 그 위에서 힘없이 튀어 올랐다.

어머니는 물건을 버리지 못하는 성격이었다. 냉장고 옆이나 선반 틈새마다 장 볼 때 받은 종이 쇼핑백이며 포장지가 빼곡히 채워져 있었고, 끈도 얌전히 묶여 서랍 속에 정리되어 있었다.

"이렇게 잔뜩 모아서 어쩌려고 그래."

쇼핑백을 어머니 눈앞에 팔랑이며, 누나는 지긋지긋하다는 듯이 입버릇처럼 말하곤 했다.

"무슨 일 있을 때 없으면 안 되잖아."

"쇼핑백이 이렇게 많이 필요할 때라는 게 대체 언젠데."

그런 입씨름을 몇 번인가 들었었다. 아무리 말해도 어머니는 결코 쇼핑백을 버리지 않았으며, 누나도 그런 어머니를 잘 알면서도 그러는 것이다.

어머니가 버리지 못하는 것은 쇼핑백뿐만이 아니었다. 냉장고 안은 아버지와 둘이서만 사는 살림이라고는 생각할 수 없을 만큼 식료품으로 가득 차 있었다.

"꽉꽉 채워서 넣어 놔야 마음이 놓이거든. 너희들은 전쟁을 겪어 보지 못해서 모를 거다."

어머니는 그렇게 말하며 당신을 정당화했지만, 아무리 그래도 전쟁 경험에서 오는 것만이라고는 생각되지 않는다. 언제였던가 한번은 냉장고를 열었더니, 그 전해 설날에 사 둔 어묵 자투리가 안쪽 구석에 여전히 자리 잡고 있었다. "이런 식이면 오히려 불안한데."라며 나와 누나는 웃고 말았다.

집 안에는 이미 쓰지 않게 된 오래된 물건이 가득해서, 그것들 때문에 지금 살림까지 더 궁핍해 보였다. 벽장 속에는 우리 세 남매의 초등학교 시절 성적표며 붓글씨를 연습했던 종이, 나의 소년 야구단 유니폼과 형의 중학교 학생복 같은 것들이 소중하게 보관되어 있다. 자식들이 모두 독립해서 집을 떠나고 난 뒤에 우리와 관련된 "추억의 물건들"을 꺼내서는 옛 시절을 그리워하는 것이리라. 그렇게 생각하니, 자식을 떠나

보내지 못하는 부모의 모습이 안쓰럽기보다는 도리어 섬뜩한 기분이었다.

그렇게 뭐든 버리지 못하는 어머니였지만, 아버지가 돌아가셨을 때만큼은 아버지 옷을 순식간에 내다 버린 데 솔직히 놀랐다. 49제도 지나지 않았는데 속옷 같은 것을 서랍에서 꺼내더니 비닐봉지에 담아 '타는 쓰레기' 버리는 날에 한데 모아 내다 놓았던 것이다. 오십 년 가까이 함께 살아온 것이 고작 이런 건가? 나는 어머니의 무정함에 정말이지 충격을 받아 전화로 누나에게 그 일을 전했다. "언제까지고 속옷을 챙겨 둔다면, 오히려 그게 더 기분 나쁘겠다." 어머니를 닮은 누나는 그렇게 말하면서 나의 놀람을 가볍게 일축했다. 하긴 그렇게 들으니 정말 그런 것도 같았지만. 아무것도 남기지 않는다니 좀 쓸쓸한 기분이 들어서, 나는 아버지가 애용했던 안경과 낡은 금색 손목시계를 유품으로 챙겼다. 내가 가지고 싶다고 말하지 않았다면 분명 '타지 않는 쓰레기' 버리는 날에 내다 버려졌을 터다.

초등학교 졸업 앨범에는 분명 나의 장래 희망으로 '의사 선생님'이 적혀 있다. 아이의 눈에 비친 일하는 아버지의 모습이란 눈이 부신 존재였고, 아들인 내가 그런 꿈을 가지면 분명 아버지가 기뻐하실 거라 생각했기 때문이다. 당시의 나는 아버지의 마음을 두고 형과 다투려 했던 것 같다. 그러다 언제부터였는지, 아버지의 기대하는 눈빛이 나를 지나쳐 형에게 향해 있음을 깨닫게 되었다. 형의 학교 성적이 좋았던 것이 가장 큰 이유였을 것이다. 하지만 지금 생각해 보면 아버지는 나의 성격이 어머니를 닮아 흐리터분하고 의지가 약해서, 의사라는 직업에는 맞지 않을 거라고 단정 지었던 것 같다. 중학생이 되어서는 내 안에서 아버지에 대한 동경심이 어긋나고, 실망이 미움으로 바뀌기까지 그리 오래 걸리지 않았다. 그런 나에게 있어서 "의사 선생님이 되고 싶었다."라는 초등학생의 자신은 가장 먼저 지우고 싶은 과거다. 벌써 마흔이 넘었으면서도, 그런 비뚤어진 마음에서 아직껏 벗어나지 못한 채, 여전히 적잖은 마음의 짐을 짊어진 자신을 깨닫고서 스스로도 놀랐다. 그리고 그것을 부정하려고 했다. 하지만 내 앞에 꾸깃꾸깃 말려 있는 작문지가 허락하지 않았다.

나는 작문에서 멀어지려는 듯이 일어서서, 다시 로데오보이에 걸터앉았다. 셔츠 주머니에서 꺼낸 담배에 불을 붙인 뒤 천정을 향해 천천히 연기를 내뿜었다.

과거란 성가실 따름이다.

"자— 어서들 와서 서 주세요."

노부오의 목소리가 2층 방까지 들려온다. 나는 넘겨보던 화집에서 시선을 들어, 아래에서 일어나는 상황을 살폈다.

형의 기일에는 마당에서 가족 모두가 모여 사진을 찍는 것이 연례 행사였다. 응접실에서 화를 낸 바람에 잃은 점수를 만회하기 위해서는 좋은 기회다. 나는 계단을 내려가서 시치미를 떼고 거실로 향했다.

"빨리요, 빨리."

마당에 있던 노부오가 나를 향해 손짓한다. 먼저 와서 툇마루에 걸터앉아 있던 아버지와는 눈이 마주치지 않도록, 나는 바로 옆 다다미방을 통해 마당으로 내려가 툇마루 가장자리에 섰다. 유카리가 기척을 느끼고 돌아보기에 입술만 슬쩍 비쭉거렸다.

"사진을 찍자— 찍자—."

누나가 장단을 맞추듯 노래 부르며 아버지 옆에 앉는다.

"엄마, 이거 봐."라며 사쓰키가 무쓰의 티셔츠 가슴 부위를 가리키며 법석을 피운다. 뭘 흘렸는지 그 자리에 검은 자국이 묻어 있다.

"뭐야, 이게. 으악! 초콜릿이잖아. 갈아입을 옷 안 가져왔단 말이야."

누나는 셔츠를 거칠게 당기며 냄새를 맡더니 소리쳤다.

"그거 너무 튀는데?"

백일홍 아래서 카메라 파인더를 들여다보면서 노부오가 큰 소리로 말했다.

"그럼, 이렇게 해서 앞뒤를 돌려 입자."

누나가 무쓰의 티셔츠를 벗기려 든다. 아무리 티셔츠라고 해도 앞뒤를 바꾸면 오히려 이상할 것 같았지만, 그런 정도는 상관하지 않는다. 아니나 다를까, 무쓰는 티셔츠를 벗지 않으려고 필사적으로 저항한다.

"그럼, 이렇게 가려 봐."

포기한 누나가 무쓰의 손을 초콜릿이 묻은 자리 위로 들어서 가렸다. 누나와 사쓰키, 무쓰가 툇마루 한가운데에서 수선을 피우는 바람에 아버지는 설 곳을 잃고 말았다.

"저기, 할아버지, 저쪽 가장자리로 옮기시죠."

노부오가 아무렇지도 않게 말했다. 아버지는 본인이 가장이기 때문에 당신이 중앙에 앉아야 한다고 생각했을 것이다. 아버지는 언짢아했지만, 노부오는 늘 그래 왔듯이 이 정도 일에는 전혀 개의치 않는다. 아버지는 별수 없이 툇마루 가장자리로 밀려났다.

부엌에서 나온 어머니가 잠시 툇마루에 걸터앉았더니, 무언
가 생각난 듯 다시 일어섰다.

"엄마, 왜요?"

나는 어머니에게 물었다. 이런 '가족 행세'는 어서 해치워
버리고 싶었다.

"잠깐만……." 애매한 대꾸를 남긴 어머니는 불단에 놓여
있던 형의 사진을 집어 들고는, 바로 다시 돌아왔다. 어머니를
위해서 사쓰키와 누나가 양옆으로 비켜서 가운데에 자리를
만들었다.

"이걸로 전부 모인 셈이네."

어머니는 그 자리에 천천히 앉았다.

"장례식도 아닌데 부정 타게시리."

누나가 지겹다는 듯이 얼굴을 찌푸린다.

"뭐, 어떠니, 너희 오빠 덕분에 다들 이렇게 한 번씩 모이
는 건데."

어머니가 형의 사진을 소중히 어루만진다.

"아무리 그렇대도 좀."

누나도 절반은 포기했다.

어머니를 둘러싼 모양으로 모두 자리를 잡았다.

그 모습을 보고 있던 아버지의 기분이 한층 불쾌해졌음을
알 수 있었다.

누나의 아이들은 구리하마의 이 집을 '할머니 집'이라고
부른다. 그것 때문에 아버지는 내심 마음 상했던지 한번은 누
나에게 이야기했다고 한다.

"이 집은 내가 벌어서 세운 집이다. 그런데 너희는 왜 할

머니 집이라고 부르는 거냐."

누나는 그 일을 어머니와 나에게 우스꽝스럽다며 알려
줬다.

"밴댕이 속도 아니고, 사람이 정말 속 좁아."

아버지는 고작 사진 찍는 데서 자리가 밀려난 데 감정이
상해서, 바로 지금 그 속 좁음을 드러내는 것이다.

"응? 할아버지 잘리는데? 조금 안쪽으로 들어가 주세요."

앞으로 나갔다가 뒤로 물러섰다가 노부오가 파인더를 들
여다보며 다시 아버지에게 손짓한다. 할아버지라고 불리는
것부터가 신경에 거슬리는데, 손가락질까지 받는 것에 분개
했는지 아니면 역시 가장자리로 밀려난 것을 참을 수 없었던
탓인지, 아버지는 휙 옆으로 돌아서더니 현관 쪽으로 사라져
버렸다.

"할아버지!"라고 노부오가 불렀지만, 아버지는 뒤도 돌아
보지 않았다. 무쓰가 초콜릿 묻은 자국을 왼손으로 가린 채로
툇마루에서 일어서서 할아버지를 눈으로 좇는다. 어머니는
아버지가 어찌 되어도 상관없다는 듯 형의 사진이 기울지 않
았는지에만 신경 쓰고 있다.

"응? 할아버지 화장실 가시는 건가?"라고 노부오는 엉뚱
한 소리를 했다.

"그럼, 나중에 구석에다 동그랗게 합성하는 걸로."

"그럼 꼭 죽은 사람 같잖아."

노부오의 우스갯소리를 누나가 농담으로 받아치자 모두
웃었다. 그 순간 노부오가 셔터를 눌렀다.

사진 찍는 건 어렸을 때부터 질색이었다. 웃는 얼굴이 어

색했기 때문이다. 학교 졸업 앨범이나 소풍 때 찍은 사진 그 어떤 것을 봐도 뚱한 표정을 짓고 있다. 다른 곳을 보고 있거나, 눈을 감고 있거나, 왜인지 혼자서만 초점이 맞지 않기도 했다. 가족끼리 찍은 사진도 별반 차이가 없었다. 애초에 사진의 양부터가 적었다. 어느 집이든 똑같겠지만, 차남이라는 것은 불리한 위치여서 형제들 사이에서도 사진을 찍힐 기회가 극단적으로 적다. "아버지가 일 때문에 바쁠 때였잖니." 어머니는 그렇게 핑계를 댔다. 하지만 형은 매우 예외적으로, 아버지가 직접 일안 리플렉스 카메라를 사서 상당히 많은 사진을 찍어 줬다고 한다. 누나도 첫딸이라는 점 때문에 역시 사진이 많다. 게다가 어떤 사진을 봐도 활짝 웃고 있다.

그와는 반대로 나는 사진 찍히는 게 어색해서 "웃어, 웃어."라고 하면 도리어 얼굴이 굳어졌다. 그래서 단체 사진을 찍을 때는 가급적 눈에 띄지 않는 구석이나 다른 사람 뒤에 슬쩍 서곤 했다. 이날 찍은 가족사진에서도 나는 가장자리에 서서 혼자 얼굴을 찌푸리고 있었다.

나중에 알았지만, 가족 모두가 모여서 사진을 찍은 것은 이날이 마지막이었다. 이듬해에는 무쓰가 감기에 걸려서 오지 못했고, 그다음 해에는 누나네 식구 넷이서 하와이에 놀러갔다. 그리고 이듬해 봄에 아버지가 갑작스럽게 돌아가셨기 때문이다. 애당초 어머니나 아버지 입장에서는 형이 죽고 없는 시점에서 이미 가족이 모두 모인 적은 없었을 테지만 말이다.

사진을 찍고 나서 아이들은 잠시 마당에서 놀더니, 그것도 질렸는지 밖으로 놀러 나갔다. 아쓰시는 예의 공허해 보이는 모습 때문에 듣지 않는 곳에서는 어머니와 누나한테 "웃지 않는 왕자"라고 불렸지만, 아이들끼리 있을 때는 그렇지만도 않았다. 순진무구할 정도로 웃는 건 아니지만, 나름 즐거운 듯 어른용 샌들을 터덕터덕 끌면서 무리를 따라 '탐험'에 나섰다.

우리도 드디어 한숨 돌리고 차를 마실 수 있게 되었다. 해가 조금 서쪽으로 기울어 집 안쪽까지 빛이 들면서, 어둑했던 부엌도 살짝 밝아진 듯했다. 유카리는 아까부터 툇마루에 서서 발을 치려는데 좀처럼 마음대로 되지 않는 모양이다.

"그게 조금 요령이 필요해."

보다 못한 어머니가 일어나 유카리 옆에 서서, 끈 조작하는 방법을 가르쳐 주기 시작했다. 나는 거실에 앉아서 절반쯤 실루엣으로 드러난 두 사람의 뒷모습을 멀거니 바라보며 '꽤 괜찮은 그림이네.'라고 생각했다. 텔레비전 뉴스에서는 9월 들어서 여름 최고 기온이 30도를 넘는 날이 오늘로 열흘째라고 아나운서가 새된 목소리로 말한다. 오늘 도쿄 최고 기온은 32.4도다.

그때 누나가 쿵쿵 소리를 내며 복도를 걸어서 돌아왔다.

"필요 없대."

심사가 뒤틀려서 진찰실에 틀어박힌 아버지에게 차를 권하러 갔다가 거절당한 모양이다. 뭐, 발소리만 들어도 결과는 알 만했다.

"튀김 말고는 할 얘기가 없나 봐."

누나가 크게 한숨을 내쉬면서 다다미 바닥에 책상다리를 하고 앉았다.

툇마루에 있던 유카리가 거실로 돌아와 슈크림을 접시에 나눠 담기 시작했다.

"됐어. 내버려 둬. 배고프면 나올 거야. 너희 동네 까마귀랑 똑같아."

어머니는 그렇게 말하며 누나의 등을 토닥이고는, 교자상 앞에 앉아 홍차를 잔에 따랐다.

"우리 동네 음식물 쓰레기 버리는 날은 화요일하고 목요일뿐인데."

누나는 혓바닥을 삐죽 내밀며 웃었다. 누나가 사는 사택에서는 요즘 까마귀가 늘어서 곤란한 지경이라고 한다. 까마귀들이 음식 쓰레기 버리는 날을 용케 알고서 아침에 쓰레기를 버리러 나오면 길가에 줄지어 기다리고 있다는 것이다.

어머니는 그 이야기를 기억하는 것이다. 자신이 그런 까마귀와 비교당하고 있다는 것을 아버지는 알 도리가 없겠지만.

"완전히 애라니까."

내가 그렇게 말하자, 누나와 유카리가 마주 보며 작게 웃었다. 분명 좀 전에 내가 애처럼 성을 내고 2층으로 올라갔던 일을 떠올린 것이리라. 그것을 알아차리고 나는 조금 창피해져서 슈크림에 시선을 떨궜다.

아버지는 가사를 전혀 돌보지 않는 사람이었다. 그래서 기분이 상해 진찰실에 틀어박혔다가도 밥 먹을 시간이 되면 반드시 밖으로 나와서 부엌이나 거실에서 신문을 읽으며 식사 준비가 되기를 기다렸다. 은퇴한 지금도 그 습관은 전혀 변하지 않은 것 같다.

"시간도 많으니까 가끔 밥 정도는 대신 차려 줘도 좋겠건만."

해 줄 리 없다는 것을 알면서도 어머니는 잔소리를 하지만, 사실은 어머니도 남자가 부엌에 들어가는 것을 결코 좋게 생각하지 않았던 것 같다. 사내는 주방에 들어가지 말라는 말이 아직 격언처럼 통용되던 시대의 사람이었던 데다, 아무래도 당신 영역을 침해당하는 것이 싫었으리라. 설령 그것이 누나라 할지라도, 냄비나 컵의 위치를 바꾸면 "맘대로 바꾸지 마."라며 성을 냈다. 어머니의 그런 사고방식 덕분에, 나 역시 자취할 때조차 아버지와 똑같이 요리와는 전혀 인연이 없었다.

　홍차를 잔에 따르고, 슈크림도 접시에 나누어 담았다. 이제야 느긋하게 슈크림 좀 맛볼까 하는데, 장지문을 사이에 두고 옆방에서 코 고는 소리가 요란하게 들려왔다. 노부오다.

　좀 전까지 아이들과 수박 깨기를 하다가, 먹고 마시고, 큰소리로 웃더니, 어느샌가 잠들어 버렸다.

　아무리 세상만사 걱정 없는 사람이라고 해도, 저런 아버지를 둔 딸의 친정집에서 잠들 수 있다는 것이 나로서는 도무지 이해할 수 없었다. 오히려 친아들인 내가 훨씬 긴장하고 있으니, 어떤 의미에선 부럽기도 했다.

　"어휴, 어디가 참치야."

　누나가 쓴웃음을 지으며 말했다.

　"다다미에 누우면 괜히 편안해지잖아."

　어머니는 일어서서 다시 툇마루로 나갔다.

　"그렇긴 해, 지금 사는 집엔 다다미가 없거든."

　어머니의 뒷모습을 눈으로 쫓으며 누나가 말했다. 어머니는 툇마루의 등나무 의자에 놓아둔 여름용 홑이불을 들고 돌아왔다. 옛날부터 낮잠 잘 때면 나도 곧잘 쓰던 파란색 꽃무늬가 그려진 이불이다.

　"깔면 되잖아."

　어머니는 턱짓으로 옆방을 가리키며, 이불을 누나에게 건

넜다.

"안 돼, 그런 식으로 집이 만들어진 게 아닌걸."

누나는 마뜩찮은 듯이 대꾸하고는, 이번엔 유카리를 향해 돌아앉았다.

"그래서 말야, 여기로 이사 오면 다다미방 만들어 보려고."

"언제 이사하시게요?"

슈크림 접시를 내 앞으로 밀어놓으며 유카리가 말했다.

그렇게 말한 뒤, 유카리는 내 얼굴을 보며 이야기에 참가하도록 재촉했다.

"가능하면, 무쓰가 중학교 올라가기 전으로 생각하고 있는데."

"아직 정해진 건 아니야."

누나의 말을 자르듯이 어머니가 말했다.

서로의 본심을 떠보는 듯한 두 사람의 대화를 듣는 것이, 나는 옛날부터 못 견디게 싫었다.

"무슨 말을 그렇게 해? 저번에 도면도 보여 줬잖아."

누나가 일어서더니 장지문을 열어젖혔다. 노부오는 두 번 접은 방석을 베개 삼고 선풍기를 틀어 놓은 채로 기분 좋게 잠들었다.

"감기 들어."

누나는 그런 노부오의 배 위로 이불을 던졌다.

누나가 하는 행동은 친절한 건지 매정한 건지 아무리 봐도 잘 모르겠다. 노부오는 코를 고는 것도 잠꼬대도 아닌, 알 수 없는 대꾸를 하면서도 눈을 뜨지는 않았다.

"들어 봐, 나이 들면 딸이랑 같이 사는 게 행복하다고들 하잖아……."

방석 위로 고쳐 앉으면서 누나는 다시 한 번 유카리에게 동의를 구했다.

"어떤 딸이냐에 따라 다르지요."

어머니도 유카리를 쳐다본다. 유카리는 난처하여 그저 웃음 지을 뿐이다.

두 사람이 서로 유카리를 자기편으로 끌어들이려고 다투는 모양을 보면서 나는 평소보다 더한 불편을 느꼈다. 두 세대 주택이라고는 하지만, 요즘 부모와 함께 살고 싶어 하는 딸이 얼마나 일반적인지, 세상 물정에 어두운 나로서는 알 수가 없었다. 다만 깍쟁이 같은 누나에게는 효도라기보다 손익 계산이 반드시 작용했을 것이다. 나는 가슴 주머니에서 담배를 꺼내고는

"재떨이가……."

라고 일부러 소리 내어 찾는 시늉을 하면서 그 자리를 벗어나려 일어섰다. 그런 나를 유카리는 마치 아쓰시를 야단칠 때 보여 주던 눈빛으로 바라보았지만, 나는 모르는 척했다.

"같이 살더라도 부엌은 따로따로야. 뭐, 만들어 준다면 감사히 받겠지만서도."

"뒤치다꺼리나 하게는 되는 건 이쪽이니까, 가정부나 다름없지."

두 사람이 티격태격하는 소리가 여전히 이어진다. 나는 부엌으로 가서 환풍기를 돌리고는 담배에 불을 붙였다. 그때, 텔레비전 뉴스에서 격렬한 파도 소리가 들려왔다. 모두가 텔레비전으로 고개를 돌렸다.

"가나가와 현 요코스카 시 쓰쿠이 해수욕장에서 남성의 사체가 발견되었습니다. 사체는 가나가와 현 요코하마 시의 회사원인 53세의 하기와라 미키오 씨로, 오늘 오후 1시 30분경 바닷가에 놀러왔던 해수욕객이 바위틈으로 밀려온 하기와라 씨를 발견하여 경찰에 신고했습니다. 하기와라 씨가 술에 취해서 바다에 들어갔을 가능성이 있다고 보고……."

거기까지 듣고 누나가 리모컨으로 텔레비전을 껐다.

"어쩜…… 조금 있으면 가을이라더니."

가급적 다른 사람 얘기하듯이, 슬쩍 누나가 말했다. 꺼진 텔레비전 화면에 시선만을 향한 채로, 어머니는 매듭을 만들던 케이크 상자의 종이 끈을 상 위로 툭 던졌다. 그 뒷모습은 지금까지와는 달리 둥글게 굽어 있어서 갑자기 늙어 버린 것처럼 보였다.

"걔가…… 전날 밤에 웬일인지 혼자 자러 왔거든. 그날, 현관에서 구두를 닦고 있는 거야. 그러더니 갑자기 '바다에 다녀올게요.' 하는 거 있지. '조심히 다녀와.'라고 내가 부엌에서 내다봤을 때는 이미 사라지고 없더라고. 깨끗하게 닦인 구두만 나란히 놓여 있는 거야. 그 모양이 말야, 눈에 박혀서……."

어머니의 혼잣말은 무겁고, 끝도 없이 어두운 물속으로 빠져들어 가는 듯한 여운을 띠었다. 이것은 형의 기일뿐만 아니라, 본가에 올 때마다 누나도 나도 몇 번이고 들어야만 했던 이야기다. 이 이야기를 들을 때마다 나는 목구멍 깊은 곳에서 기분 나쁜 쓴맛이 퍼지는 것을 느꼈다. 어머니는 여전히 그 현관의 풍경을, 아들이 보내는 메시지라고 생각하는 것 같았다.

"다녀왔습니다."

그때 탐험에서 돌아온 아이들의 시끌벅적한 목소리가 마

당에서 들려왔다.

셋은 숨을 헐떡이며 샌들을 아무렇게나 벗어던지고 툇마루로 올라온다. 가라앉았던 거실의 공기가 거칠게 찢겨 나갔다.

"어디까지 갔다 온 거야?"

누나가 물었다.

"비밀." "안 가르쳐 줘."

제각기 그렇게 말하며 사쓰키와 무쓰가 부엌으로 달려 들어왔다. 아쓰시도 그 둘을 따랐다.

"땀 좀 봐."

유카리가 난처한 표정으로 아쓰시의 등을 바라봤다.

"이거 줄게."라며 사쓰키가 들고 있던 백일홍을 누나에게 건넸다.

분홍빛 꽃은 아직 싱싱해서, 마당에 있는 꽃보다 예뻐 보였다.

"꺾은 거 아니지?"

누나가 나무라는 어조로 말했다.

"주웠어."

무쓰는 그렇게 대꾸하며 냉장고 문을 기세 좋게 열었다.

"아이스크림 말고 보리차 마셔."

누나가 큰 소리로 말했다. 일상의, 어떤 의미에서는 혼잡스러운 시간이 집안에 돌아온 것 같아서 조금 안심했다.

"내가 조금만 빨리 말했더라면……."

하지만 어머니는 누나와 아이들의 이야기 따위는 들리지도 않았다는 듯이, 다시 혼잣말을 시작했다. 당신의 머릿속에는 방금 전 파도 소리가 아직 울리는 듯했다. 유카리는 슈크림을 먹지도 못하고, 난처한 얼굴로 눈앞의 어머니 모습을 가만히 바라보는 수밖에 없었다.

"아유, 또 시작이야?"

어머니의 반복되는 푸념이 지긋지긋한 누나가 차갑게 말했다.

"뭐 어떠니, 오늘 하루쯤이야."

"오늘 하루만이라면 괜찮게?"

"무리해서 구해 줄 건 아니었어. 자기 애도 아닌데……."

한숨 쉬듯이 말하더니, 어머니는 사쓰키가 주워 온 백일홍을 쥐고 자리에서 일어났다.

"으이쌰차차차."

그것은 무거운 기분을 어떻게든 띄워 보려는 기합 같았다.

누나는 의아한 표정으로 어머니를 올려다봤다.

"모처럼 왔으니까, 뭐 좀 간식이라도 만들어 볼까?"

적어도 간식이라도 만들어서 손을 움직이지 않으면, 저 십오 년 전의 수렁 속으로 다시 끌려 들어가는 것은 아닐까 하고 어머니는 불안해졌는지도 모른다.

"됐어, 많이 먹었어."

"응, 그래도 모처럼 왔으니까."

누나의 말을 자른 어머니는 백일홍을 손에 들고 부엌으로 들어왔다.

결국 어머니는 좋아하던 슈크림에 손도 대지 않았다. 유카리가 상 위에 남겨진 슈크림을 물끄러미 바라보았다.

나는 간신히 찾아냈던 피난처를, 쫓겨나듯이 어머니에게 빼앗겼다. 하는 수 없이 피우던 담배를 싱크대 거름망에 던져 넣었다. 담배는 치익 하고 작은 소리를 내며 한 줄기 하얀 연기를 피워 올렸다. 그리고 잠시 동안 낡은 환풍기 돌아가는 소리가 귓가에 맴돌았다.

물에 빠진 아이를 구하다가 형이 죽은 것은, 당시에는 미담으로 회자되어 신문에도 사진과 함께 올랐다. 하지만 아무리 숭고한 죽음이라 한들, 가족에게 있어서 죽음의 상실감은 마찬가지다.

당신의 대를 이을 거라 믿었던 아버지는 그 후 인생의 설계가 전부 어긋나 버렸고, 어머니도 가장 자랑스러운 아들을 잃고서 괴로웠을 것이다. 나 역시도, 집은 형이 대를 이어 가리라고 완전히 맡겨 놓았기 때문에 내 멋대로 하고 싶은 일을 할 수 있던 터였다.

그렇다고 '가업'을 생각해서 의대에 다시 들어가기에는 나이를 많이 먹은 데다, 그럴 능력도 없었다. 무엇보다 그 정도까지의 의리를 이 집에 대해서, 즉 아버지에게나 어머니에게도 가지지 못했다. 애당초 내가 그만두기 전에 이미 아버지가 나에게서 의사에 대한 기대를 접었기 때문이다. 당시의 나는 아버지를 보며, 꼴좋다고까지는 말하지 못해도 자업자득이라고 생각하던 터였다. 그 사고에 대해서 한 가지 마음에 걸리는 것이 있다면 '왜 형은 마지막에 구두를 닦았을까?'라는 것이었다. 욕실을 청소했다면 이해가 된다. 하지만 언제나 내 담당이었던 구두를 닦고 죽었다는 데에는 작은 의문이 남는다. 다만 어머니가 그러는 것처럼, 그것에 무언가 형의 메시지가 있다고 느끼는 따위의 감상을 나는 딱 잘라 거부했다. 그런 일에 나의 인생이 좌우되는 것은 싫었기 때문이다. 그럼에도 나는 실제로는 보지도 못한, 형이 구두를 닦아 놓은 현관의 풍경을 몇 번이고 꿈속에서 보았다. 그때마다 괜히 부아가 치밀곤 했다.

"쓸데없는 짓은 왜 해 가지고……." 꿈에서 깰 때마다 나는 침대에서 중얼거렸다.

결국 이러쿵저러쿵 고민한 끝에 어머니는 찹쌀 경단을 만들기 시작했다. 사쓰키와 무쓰가 어머니와 함께 손에 하얗게 묻혀 가며 경단 만드는 모습을, 거실에 드러누운 채로 바라보았다. 더위도 조금 누그러져서 마당에서 들려오던 요란한 매미 소리도 언제부터인지 저녁 매미로 바뀌었다. 누나네 집과 마찬가지로, 지금 우리가 사는 요쓰야의 2DK[13] 맨션에도 다다미방이 없었다. 이렇게 반으로 접은 방석을 베개 삼아서 누우면 노부오만큼은 아니지만 역시나 마음이 편안해진다. 몸을 뒤척이자, 햇빛에 바래서 더는 새것 같지 않은 다다미지만 그래도 어슴푸레 풀 냄새가 풍겨 왔다.

이제는 도쿄에서 거의 볼 수 없게 되었지만, 내가 어렸을 때만 해도 다다미를 갈거나 창호지를 바르는 일은 신나는 이벤트였다. 다다미를 교체하는 동안, 아버지는 마당에 의자를 내다 놓고는 다다미 아래에서 나온 옛날 신문을 읽었다. 아버지가 다 읽은 신문은 형과 내가 앞다투어 읽곤 했다. 누가 제일 먼저 창호지를 찢을까 하는 순서는 형, 누나와 함께 가위바위보로 정했다. 내가 이겼을 때는 당시에 인기였던 만화인 「내일의 조」를 흉내 내서 "슈슉!" 소리를 내 가며 펀치를 날려 창호지를 찢었다. 새로 창호지를 바르는 데는 어머니가 쌀을

---

13   방 두 개에 거실 겸 부엌이 딸린 주거 형태.

삶아서 만든 풀을 사용했다. 걸쭉하게 풀어진 하얀 죽밥을 셋이서 손가락으로 찍어 먹던 기억도 있다. 물론 아무런 맛도 나지 않았다. 이 집에서 가족끼리 그런 공동 작업을 하지 않게 된 뒤로 꽤나 긴 시간이 흘렀다. 찢어진 맹장지와 창호지는, 어머니 손으로 군데군데 수선되었지만, 하얗던 색은 이미 칙칙해져서 집 분위기만 무겁게 가라앉혔다.

"또옹그렇게 만들어서 이렇게 배꼽을 만들어 줘, 엄지손가락으로."

어머니는 무쓰에게 당신이 시범을 보여 주면서 하나둘 경단을 빚어 간다. 소꿉장난이라도 하는 것처럼 사쓰키는 열심히 돕지만, 무쓰는 요리라기보다는 점토 놀이를 하는 데 가까웠다. 아까부터 별 모양이니 비행기니, 먹기 안 좋은 모양만 만들어서 쟁반에 올려놓는다. 아쓰시는 좀 전까지 함께 밖에 다녀와서 냉장고 앞에서 보리차를 마신 뒤로, 어느샌가 둘로부터 떨어져 어딘가에 가 버렸다. 2층에 올라간 것 같지는 않았기에, 다시 마당으로 나갔는지 그도 아니면 응접실 선반에 진열된 레코드라도 구경하는지 싶다. 이런 점이 그 아이를 두고 차갑다고 하는 연유일 터다.

"뭐 만들어?"

어머니가 무쓰의 손을 바라보자,

"똥!"

이라고 외치며 무쓰가 한쪽 손을 높이 치켜들었다.

"누구 먹으라고."

유카리와 나란히 싱크대에서 접시를 씻고 있던 누나가 돌아보며 웃었다. 어머니도 방금 전까지 짓고 있던 심각한 표정은 거짓말처럼 사라지고 소리 내서 웃는다.

찹쌀 경단은 우리 집 단골 간식이었다. 형은 아버지의 명령을 굳게 지켜서 부엌에는 얼씬도 않았지만, 나는 지금 무쓰가 하는 것처럼 누나와 함께 곧잘 도왔다. 그리고 역시나 똥 모양 경단을 만들어서는 어머니와 누나한테 혼이 나곤 했다. 배꼽 만드는 것을 잊어서 가운데가 채 익지 않고 반죽 상태로 남은 경우도 자주 있었다. 내가 맛이 없어서 뱉어내면, 어머니는 아무렇지도 않게 그것을 집어서 다시 냄비 안으로 넣고는 "삶으면 괜찮아."라며 웃었다. 너글너글하다고나 할까, 대충대충이라고나 할까, 어머니는 그런 사람이었다. 아이들에게 경단 자체가 이렇다 할 맛이 있는 것은 물론 아니지만, 아이스크림이나 삶은 팥소와 함께 섞으면 그런대로 괜찮은 먹거리였다. 어머니가 동급생 부모보다 한 세대 위인 탓이었는지, 간식으로 먹던 것은 튀김 과자나 고구마 맛탕, 밥풀 튀김 같은 옛날식 과자가 많았다. 한번은 친구 집에 놀러 갔다가 간식으로 딸기 케이크에 홍차가 나와서 놀랐던 적이 있다. 심지어 홍차는 티백이 아니라, 기다란 유리병에 잎사귀를 넣은 뒤 위에서부터 꽉 눌러서 우려내는 것이었다. 집으로 돌아와 어머니에게 그 맛에 대해서 역설했더니 어머니는 "전통 과자가 몸에는 더 좋단다."라고 간단하게 받아쳐 버렸다.

그때 상 위에 놓아 둔 휴대폰벨이 울렸다. 나는 황급히 일어나 앉아, 휴대폰을 집어 발신자를 확인했다. 생각했던 대로 도나미였다. 거실에서 할 수 있는 이야기가 아니었기에, 가급적 주변에 들통나지 않도록 일어서서 현관으로 향했다.

유카리가 걱정하는 눈으로 바라보는 것을 느꼈지만, 반응해 줄 여유가 없었다.

"집 전화를 쓰지 그러니?"

어머니가 등에 대고 말했다. 나는 뒤도 돌아보지 않고 "됐어요."라고 손을 들어 보이며 될 수 있는 한 재빨리 어머니에게서 멀어졌다.

현관을 나올 때 응접실에서 피아노 소리가 딩동댕동 울려왔다.

아마 아쓰시가 치고 있을 것이다.

아쓰시의 죽은 친부는 음악에 재능이 있어, 피아노 조율일을 했다고 한다. 그 생각이 문득 머릿속에 떠올랐으나, 나는 지금 내 생업만으로도 벅찰 지경이었다.

연락이 없었기에 절반은 포기하고 있었지만, 면접 결과는 생각했던 대로였다. 옛날부터 나는 이런 시험에 합격해 본 적도 없었고, 뽑기 운조차 없었다.

"괜찮아, 괜찮아. 그렇게 신경 쓰지 않아도 돼."

미안해서 어쩔 줄을 몰라 하는 후배를 거꾸로 내가 밝은 목소리로 격려하면서 전화를 끊었다. 누나네 가족의 커다란 차 옆에 구부리고 앉아, 나는 다시 담배를 꺼내 물었다. 오늘따라 자꾸만 담배가 당긴다. 원래 계획은 형의 기일 전까지 재취업을 결정짓고 셋이서 이곳에 와 있을 생각이었다. 하지만 이런 식이면 설까지도 일자리를 구할지 장담할 수 없게 되었다. 집 앞을 지나가던 노부부가 나를 발견하고는 인사를 했다. 나도 고개 숙여 인사를 했지만, 어느 집의 누구인지는 몰랐다. "선생님 댁의 아드님이에요."라는 부인의 목소리가 뒤이어 들려왔다.

나는 천천히 시간을 들여 한 모금 빨아들였다. 집 안에서 들려오던 피아노 소리가 어느샌가 그쳤다. 언제까지고 이렇게 현관 앞에 쭈그리고 앉아 있을 수도 없었다. 할 수 없이 일어서서 현관문을 열자, 진찰실 문틈으로 아버지와 아쓰시의 모습이 절반 정도 보였다. 아쓰시가 스스로 들어간 것인지, 아버지가 불러들인 것인지는 알 수 없지만, 두 사람은 의사와 환자처럼 마주 보고 앉았다. 나는 발소리를 죽이며 문 앞까지 다가갔다. 아버지는 검은 가죽으로 씌운 고급스러운 의자에 앉아서, 진찰용 침대에 앉은 아쓰시의 양손을 쥐고 있다.

"손재주가 좋아 보이는구나."라고 말하는 아버지의 목소리가 들려왔다. 평소와는 달리 그 목소리에는 부드러운 울림이 있었다.

"의사는 아주 좋지. 일하는 보람이 있거든."

아버지는 가늘게 뜬눈으로 미소 지으며 몸을 곧추세워 아쓰시의 어깨를 감싸 쥐었다. 그것은 바로 내가 아쓰시만 한 나이 때, 바로 이곳 진찰실에서 아버지에게 들었던 것과 같은 말이었다. 그 목소리를 지금 다시 듣자니 왜인지 갑자기 화가 치밀어 올랐다.

나는 입구에 서서 가만히 문을 밀었다. 문이 삐걱이는 소리에 아쓰시가 나를 올려다봤다.

"저쪽 가서 놀고 있으렴."

가급적 침착한 척하며 말했다. 아쓰시는 앉아 있던 침대에서 조용히 내려왔다. 죄송하다는 듯이 아버지에게 눈으로만 인사를 하고서 내 옆을 스쳐 지나가 투덕투덕 슬리퍼 소리를 내며 거실 쪽으로 돌아갔다.

아쓰시의 뒷모습이 복도의 모서리에 가려 보이지 않는 것을 확인한 후 나는 아버지에게 향했다.

"애한테 괜히 바람 넣는 소리는 그만두세요."

그 한마디에 아버지는 등을 돌려 책상 위에 놓여 있던 찻
잔을 집어 들었다.

"의사 같은 거 시킬 생각 없으니까."

다그치듯이 이어서 내가 말했다.

아버지가 자세를 돌렸다.

"어차피 앞으로 이십 년도 못 산다."

나는 의사가 되지 않은 자신이 이제 와서 비난받는 기분
이 들었다.

"그런 소리 해 봤자……."

아버지는 아쓰시를 향했던 것과는 전혀 다르게 날카로운
시선을 나에게 향했다.

"너한테 하는 소리 아니다."

나도 모르게 주춤했다. 이 방에만 들어오면 언제나 그렇
지만, 왠지 필요 이상으로 긴장하게 된다.

"그 정도는 알아요……."

경고를 하러 들어갔으나 거꾸로 내가 혼이 났다. 나는 석
연치 않은 기분만 떠안은 채로, 진찰실을 나왔다.

복도로 나오자 부엌에서 누나와 어머니가 웃는 소리가 들
려왔다. 누군가의 뒷담화를 하고 있는 것이리라. 아마도 두 사
람뿐인 것 같다. 계단 아래 응접실을 들여다봤지만, 그곳에도
유카리는 없었다. 나는 짐을 풀어 둔 누나 방의 장지문을 열었
다. 그곳에 유카리가 있었다. 나를 슬쩍 올려다보고는 자기 발
끝으로 시선을 되돌리며 "잠깐 휴식."이라고 기운 없는 목소

리로 말했다.

"그래그래, 조금 쉬어. 아버지랑 어머니 상대하기 피곤하지?"

유카리는 아무 대꾸가 없다. 양다리는 앞으로 쭉 뻗고, 미닫이문 기둥에 등을 기댄 채로 엄지발가락 끝을 물끄러미 바라본다. 나는 유카리의 발치에 자리를 잡고 앉았다. 아직 이집에 온지 네 시간도 지나지 않았지만 둘만의 시간이 꽤나 오랜만인 기분이 들었다. 다리라도 주물러 줘 볼까 했지만, 누나의 웃음소리가 신경 쓰여서 그만뒀다.

근처 맨션 베란다에서 담요를 두드리는 소리가 방 안에까지 들려온다. 아이가 거들기라도 하는지, 어설프게 두드리는 소리가 잠시 들리는가 싶더니, 한껏 힘차게 때리는 소리가 기분 좋게 들려왔다. 방금 전화 말인데, 내가 문득 말을 꺼냈다.

"역시 지금은 좀…… 빈자리가 없다나 봐."

"으응, 세타가야 미술관?"

유카리는 나의 말을 자르고 들어왔다.

"입에서 나오는 대로 얘기나 하고……."

내가 식사 중에 한 거짓말을 탓하는 것이다.

"얘기하다 보면 어쩔 수가 없잖아."

현재 상황을 솔직히 말한다 한들 아무런 득이 없다. 아버지는 경멸의 눈빛으로 바라볼 테고, 어머니는 한숨만 늘 뿐이다.

"샤갈이 되었어요."

뭐가? 나는 유카리의 얼굴을 봤다.

"지금, 당신이 복원하고 있는 유화."

"샤갈?" 나도 모르게 큰 소리로 되물었다.

분명 어머니가 또 사람 말을 제대로 듣지도 않고 마음대로 생각해 버린 것이리라. 옛날부터 이런 일은 자주 있었다. 내가 복원 공방에서 일을 하던 때에도 실제로 그곳에 들어오는 그림이라는 것은 교장 선생님이었던 할아버지의 초상화라든가, 통 값이 차라리 비싸 보이는 족자 따위가 대부분이었다. 그래도 티끌이나 검댕으로 더러워진 그림을 깨끗이 하고, 원래 상태의 선명한 색으로 되살리는 것은 기분 좋은 일이었고, 그림의 붓놀림이나 물감 종류로부터 그 그림을 그린 사람에 대해서 이런저런 상상을 하는 것도 싫지 않았다. 즉 그런 사소한 부분에서 이 일의 재미를 찾고 있었지만, 어머니는 그렇게 생각하지 않았다. 유화라는 말만으로 고흐니 르누아르니 하는 이름을 들먹이며 아들의 직업을 이상화한달까 몽상에 빠지는 것이다. 그런 어머니였기에, 이제 와서 샤갈이 튀어나온다 한들 전혀 놀랍지도 않다.

형이 의대에 들어갔을 때도, 벌써 의사라도 된 것처럼 호들갑이었고, 인턴으로 일하던 병원의 이름이 텔레비전 뉴스에 나오거나 하면 형이 관계된 것은 아닌가 하고, 그때마다 좋아했다가 걱정했다가 그랬다. 어머니는 무릇 그런 걸로 살아가는 분이리라.

어느덧 매미 울음소리도 사라졌다. 그 때문인지 밖에서 놀던 아이들 목소리가 오히려 크게 들리는 것 같다. 어두워지기 전에 다녀오자고, 나는 어머니와 유카리, 아쓰시와 함께 형의 성묘에 나섰다. 묘소는 구리하마의 바다가 내려다보이는 고지대에 위치한 공영 묘지에 있다.

묘지까지 가는 길을 걸으면서, 어머니는 내가 어렸을 때 돌아가신 할아버지에 대해서, 또는 형에 대한 추억을 이야기하며 웃기도 울기도 했다. 그런 시간은 분명 자동차를 타고 다녀서는 얻을 수 없는 것이다. 그래서 더더욱 집에서부터 걸어서 이십 분 떨어진, 완만하다고는 할 수 없는 오르막길을 우리는 늘 걸어서 다녔다. 묘지 공원 사무실 옆에서 꽃과 향을 800엔에 샀다.

"옛날에는 이런 꽃이 300엔이었는데."

거스름돈을 지갑에 넣으며 어머니가 다시 한 번 불평을 한다. 오르막길 양쪽으로 벚꽃 가로수가 있어서 초봄에는 분홍색 터널이 만들어져 예쁘다. 벚꽃놀이를 하러 일부러 여기까지 올라오는 사람들도 많다. 다만 형 외에도 이곳 묘지에 잠들어 있는 할아버지나 할머니의 기일은 모두 겨울이어서 사실 이곳에서 벚꽃을 본 적은 별로 없다. 아버지는 "술이나 마시고 유행가나 부르는 것뿐 아니냐."라고 벚꽃놀이 따위는 애당초 경멸했기에, 가족끼리는 온 적도 없었다. 그렇게 말하던 아버지가 바로 벚꽃 피는 시기에 돌아가신 바람에, 성묘를 갈 때마다 우리는 벚꽃놀이로 혼잡한 사람들 사이를 헤치고 가야 하는 처지이니 얄궂은 노릇이다.

묘지에서 내려다보이는 바다는 무척이나 아름다웠다. 그래서일까, 묘비에 새겨져 있는 문구도 "바다와 함께 잠들다."라든가 "바다로 돌아가다."라든가, 어딘가 색다른 것이 많다.

물고기나 요트 그림이 새겨진 묘비도 여기저기 보인다. 아쓰시는 그런 묘비를 찾아내서 가까이 들여다보고는, 그 비문을 하나하나 되뇌며 걷는다. 바다로부터 불어오는 바람에 산의 나무들이 잎사귀를 뒤집어 흔들면서 하얀 파도를 만든다. 마치 살아 있는 것처럼 움직이는 그 모습을 볼 때마다, 어린 시절에 읽었던 미야자와 겐지의 동화가 떠올랐다.

"어머나, 누가 꽃을……."

제일 먼저 묘비 앞에 도착한 어머니가 놀란 표정으로 우리를 돌아봤다. 묘소 앞에는 누군가가 꽂아 놓은 해바라기가 바람에 격하게 흔들렸다. 사부소에서 파는 꽃은 모두 국화뿐이어서, 분명 일부러 꽃집에서 사 가지고 온 것이다.

"유키에 씨인가……."

조금 의아한 얼굴을 하며 어머니가 형수의 이름을 떠올렸다.

"근데 여기까지 왔으면 집에도 들렀겠지……."

"그것도 그러네……."라며 어머니는 다시 생각을 되돌렸다.

"요시오 군인가……."

나는 형이 구해 준 소년의 이름을 말했다. 소년이라고 해 봐야 그로부터 벌써 십오 년이나 지났기에 지금은 스물다섯 살이 되었을 것이다.

"걔는 이런 거 할 줄도 몰라."

어머니는 냉정하게 잘라 말하고, 해바라기를 양손으로 뽑아내서 잔디 위로 던졌다.

"그걸 빼 버려요?"

나는 놀라서 어머니에게 물었다.

"좁아서 안 들어가잖니."

묘비를 가리키며 어머니가 성가신 듯이 말하고는, 내가 들고 있던 나무 수통에서 국화를 꺼내 정성스럽게 둘로 갈라 꽂이에 넣었다. 어머니는 본 적도 없고 알지도 못하는 누군가가 당신의 아들과 관계 맺기를 거부하듯, 굳은 표정을 지었다. 그 눈빛에서 어머니의 형에 대한 강한 집착이 느껴져서 소름이 돋았다.

"어머님, 제가 향을⋯⋯."

유카리가 손을 뻗어 어머니로부터 향을 받아 불을 붙인다. 그동안 어머니는 국자로 묘비에 물을 끼얹기 시작했다.

"오늘은 하루 종일 더웠는데⋯⋯ 기분 좋지⋯⋯ 응?"

물이 묘비를 타고 흘러 내려간다. 그 순간 요코야마라고 쓰인 잿빛 글씨가 까맣게 빛나고, 물은 계속해서 아래로 흘러 내려갔다. 묘비 아래 고인 물이 석양빛을 반사하여 빛났다. 어머니의 눈은 묘비가 아니라 살아 있는 형을 바라보는 것처럼 부드럽게 반짝이고, 그 말도 눈을 감고 들으면 사람한테 하는 말이라고밖에 생각되지 않을 정도였다. 자세히 보니 어머니는 립스틱까지 옅게 바르고 있다. 집을 나서기 전에 어떤 모자를 쓸까 고민하던 것 같더니, 나오면서 화장대 앞에서 바른 건가? 마치 오랜만에 연인을 만나러 온 아가씨 같았다. 나도 모르게 눈을 돌렸다. 아들은 평생 연인이라는 말을 들어 보긴 했지만, 어머니에게 있어서 형은 정녕 그 말 그대로의 존재였다. 아버지에 대한 애착이나 신뢰 따위를 잃으면서 어머니의 그 감정이 한층 강해진 것 같다. 그런 어머니의 모습을 아쓰시가 유카리 옆에서 물끄러미 바라본다. 죽은 토끼에게 편지를 쓰는 것조차 거절했던 그가, 우리 어머니의 모습을 어떤 마음으로 보고 있을까. 그 표정에서는 좀처럼 상상이 되지 않았다.

바람이 강해서 성냥을 몇 개 버리고서야, 유카리는 간신히 향에 불을 붙여서 어머니에게 건넸다.

어머니는 쭈그리고 앉은 채로 향을 올린 뒤, 짧게 합장을 하고는 뜻밖에도 금방 우리에게 자리를 내주었다.

불단 앞에서 했던 것처럼, 우리 셋은 나란히 서서 합장을 하고 눈을 감았다. 묘지를 감싼 숲의 나무들이 바스락바스락

거리며 무섭게 소리를 낸다. 그 바람을 타고 전차가 선로를 달리면서 덜컹덜컹하는 소리가 울려 왔다. 돌아보니 우리가 타고 왔던 빨간색 게이힌 급행열차가 해안선을 따라 놓인 무쓰미 다리를 이제 막 건너는 중이었다. 그것은 어린 시절부터 몇 번이고 보았던 그리운 풍경이다.

"제 자식 성묘를 한다는 거…… 이만큼 괴로운 것도 없네……. 잘못한 것도 하나 없는데……."

어머니는 우리에게 등을 진 채로 묘비 주변의 잡초를 뽑는다. 나는 아까 뽑혀 버린 해바라기를, 그 눈부실 정도로 짙은 노란색 꽃을 바라봤다. 어머니는 마뜩잖아했지만 나는 반대였다. 그다지 길지는 않았던 형의 인생에도 우리가 모르는 누군가가 분명 있어서, 그 누군가에게는 우리가 알지 못하는 형이 존재하고 있을 터다. 어쩌면 형은 그 사람에게 "해바라기를 좋아한다."라고 말했을지도 모른다. 누군가에게 "해바라기 같다."라고 말했을 수도 있다. 또는 누군가가 형에게 그렇게 말했을지도 모른다. 그리고, 말한 그 누군가가 형의 웃는 얼굴을 떠올리며, 일부러 시내에서 꽃을 사다가 이곳까지 와 주었는지도 모른다. 잘은 모르겠다. 다만 혹시 그런 게 있다면, 형의 인생도 그다지 나쁘지만은 않은 게 아닌가.

"성묘 다녀올까?"

내가 부엌에서 어머니에게 말을 꺼냈을 때, 어머니는 "넌 어떡할래?"라고 누나에게 물었다.

"난 됐어, 오본 때도 갔는데, 뭘."

먹다 남은 밥이며 간식들을 터퍼통에 눌러 담으며 누나가

대답하자 어머니는,

"그럼, 난 가 볼까나?"

라며, 갑자기 분주하게 모자며 카디건을 챙기기 시작했다.

"'그럼'이라니 무슨 소리야?"

누나는 말꼬리를 놓치지 않았다. 분명 어머니가 나에게 비밀 이야기를 하고 싶어 한다는 사실을 알아차린 것이다. 누나는 그런 쪽으로 직감이 빠르기 때문이다. 아니나 다를까, 둘만 있게 되자 어머니는 누나가 말을 꺼낸 집 개축과 함께 사는 문제에 대해서 나에게 상담을 구했다.

"지나미한테는 말하지 마……."

나란히 내리막을 내려오면서 어머니는 몇 번이고 나에게 신신당부했다.

하얀 양산을 받쳐 든 유카리가 아쓰시와 나란히 조금 앞서 걷고 있다. 주름이 촘촘히 들어간 하얀 스커트가 햇빛에 살짝 비쳐 보이면서, 바람에 흔들리는 모습이 예뻤다. 갑갑한 집에서 보내야만 했던 시간으로부터 벗어나서, 유카리도 이 산보를 즐기고 있는 것처럼 보였다.

"엄마는 어떻게 하고 싶은데?"

내가 묻자

"어떻게 하면 좋을 거 같아?"

라며 거꾸로 물어왔다. 좋고 싫음이 분명한 분이었기에 옛날 같으면 이런 경우가 결코 없었건만, 나이를 드신 탓인지 어머니는 일상적인 것에서부터 이런 큰일까지 나에게 판단을 미루는 경우가 요 이삼 년 동안 갑자기 늘었다. 그렇다고 해서 내가 말하는 대로 따르는가 하면 그러지도 않아서 괜히 나만 시달릴 뿐이다.

"사위도 나쁜 사람은 아니지만…… 이제 와서 다른 사람이랑 같이 사는 것도 좀…… 애들도 꺅꺅대며 시끄럽게 굴 테고."

어머니는 얼굴을 찌푸렸다. 그렇게 신세를 지고 있는 사위나, 귀여워하는 손자 손녀일지라도 아무렇지도 않게 털어 버린다. 타인에 대한 이런 식의 차가운 면이 어머니에게는 전부터 숨어 있었다.

"역시 싫은 거 아녜요? 솔직히."

내가 놀리듯이 말했다.

무엇이 꺼려지는지, 어머니는 누나에게 직접 대놓고 싫다고는 말하지 못하는 것 같았다. 이번 이사 문제를 두고서는 진찰실을 잃게 될 아버지를 핑계 대며

"아버지가 싫어할 거 같아."

라고 번번이 말했다.

"이럴 때만 아버지를 내세운다니까."

누나는 그렇게 말하며 신경질을 냈다.

평소엔 아버지에게 그렇게 매정하게 대했으면서, 분명 비겁한 변명이었다. 이 다툼은 누나에게 유리해 보였다.

"글쎄…… 그렇게 되면 네가 돌아오기도 어렵잖아……."

어머니가 은근히 응석 부리듯이 말했다. 좀 전에 형에게 말을 하던 말투가 생각나 나도 모르게 어머니의 얼굴을 바라봤다.

"난 안 된다니까."

나는 선수 쳐서 어머니의 의도를 무력화하고 싶었다.

"아버지 돌아가신 뒤라도 좋으니까……."

어머니는 아무렇지도 않게 말했다. 어머니 머릿속에 그려

진 앞으로 십 년 뒤 모습을 대강 상상할 수 있었다. 그래서 나는 어떤 식으로든 그 십 년에 최대한 얽히지 않고 지나가기를 마음속 깊이 바랐다.

"나한테 형 역할을 기대하진 마세요."

"그 정도는 안다."

"그럼 좀……."

앞서 걷고 있던 아쓰시와 유카리가 뒤처진 우리를 확인하려는 듯이 돌아봤다. 어머니는 그 둘을 향해서 온화한 미소를 보이며 손에 들고 있던 해바라기를 흔들어 보였다. 유카리와 아쓰시가 다시 앞을 보고 걸어가자, 어머니는 갑자기 목소리 톤을 바꿨다.

"너희, 애는 어떡할래?"

"갑자기 무슨 소리야……."

나는 멀어져 가는 두 사람의 뒷모습에 시선을 던졌다. 둘의 말소리는 바람에 흩어져 이쪽에선 전혀 들리지 않았다.

"잘 생각해야 돼. 애 생기면 갈라서기도 어려워지니까."

나는 순간 내 귀를 의심하여, 나도 모르게 그 자리에 멈춰섰다. 지금 어머니가 한 말을 속으로 되뇌고 나서야, 그 의미를 깨달았다. '그랬군. 어머니는 역시 이 결혼을 받아들이지 않았구나.'라고.

"무슨 소리예요, 그런……. 보통은 말야, 빨리 손자가 보고 싶다든가, 그래야 하는 거 아냐?"

나는 내심 당황한 기색을 들키지 않으려 짐짓 밝은 척 대꾸했다.

"글쎄, 댁네는 보통과는 다르거든요?"

어머니는 토라진 것처럼 말하고는 다시 천천히 걷기 시작했다. 자식이란 부모가 바라는 대로 자라지 않는다는 현실을 받아들이지 못하는, 떼쟁이 같은 어머니에게 진절머리를 치면서도 어쩔 도리 없이 어머니와 나란히 걸었다.

"요새는 흔한 일이야. 이런 일 정도는……."

내가 미혼이었을 때는, 통화 때마다 무조건 결혼 결혼 하곤 했다. 마지막에는 "어떤 상대라도 괜찮으니까."라거나 "바로 헤어져도 좋으니까."라며 간청하듯 말했다. 내가 보기에 그것은 자식의 행복을 바란다기보다는, 주변의 시선을 의식해서라고밖에는 생각할 수 없었다. 정말이지 질려 버려서, 그렇게 결혼을 시키고 싶으면 결혼하고 싶도록 행복한 부부의 모습을 보여 달라고 말한 적도 있다. 그러자 어머니는 "너 정말, 말도 심하게 한다……."라고는 갑자기 입을 다물어 버렸다. 그때 어머니는 마음속 깊은 곳에서 당신의 결혼을 후회하는 듯하여, 그 결혼의 결과로 태어난 나로서는 한층 더 충격을 받았더랬다.

우리들은 구불구불 꺾인 묘지 자갈길을 빠져나와, 자동차도 달릴 만큼 넓은 도로로 나왔다. 여기서부터 바다를 향해 가파른 언덕을 내려가는 것이 다리에는 부담이지만, 내려다보이는 마을 경치를 좋아했다. 나는 크게 한 번 심호흡을 했다. 바다 내음을 맡을 수 있는 정도는 아니었지만, 대신에 어딘가의 묘에 바쳐진 향냄새가 어렴풋이 느껴졌다. 나란히 걷던 어머니의 숨소리가 조금 가빠졌다. 나는 걷는 속도를 조금 늦췄다.

"어머, 노랑나비네."

어머니가 가리키는 쪽을 바라보자, 마침 유카리와 아쓰시의 등 언저리에서 노랑나비가 날고 있다. "어어……."라고 나는 건성으로 대꾸했다.

나비는 해변에서 불어오는 바람에 떠밀리면서, 난다기보다는 휩쓸려 날아가 버리지 않으려 필사적으로 바둥거리는 것처럼 보였다.

"저건 말야, 겨울이 되서도 죽지 않은 배추흰나비가 이듬해에 노란색으로 변한 거래……."

어머니는 나비를 눈으로 쫓으며 말했다.

"진짜? 왠지 거짓말 같은데……."

"그렇게 들었어."

"누가 그래?"

"그건 기억 안 나……."

"흐응……."이라며 나는 맞장구를 쳤지만, 믿지는 않았다. 분명 또 멋대로 생각했거나 혼자만의 착각일 것이다.

"그 소리 들은 뒤로는 저 나비를 보면…… 괜히 마음이 아려서……."

어머니는 한숨을 쉬듯이 말했다. 분명 이 노랑나비를 죽은 형과 겹쳐서 생각하는 것이리라. 그렇지만 형이 죽은 것은 십오 년이나 지난 일이기에 아무리 그렇다고 해도 몇 번씩이나 겨울을 지내는 나비는 있을 리가 없다고 말하려다가 말았다.

초등학생 때 아마 생물 과목 실험인지 관찰인지 뭔가가 계기였을 텐데, 집에서 나비를 부화한 적이 있다. 학교 옆의 커다란 양배추밭에 나비 애벌레가 많다는 정보를 입수한 우리는 방과 후에 용기를 내서 그 밭으로 찾아갔다. 밭 주인에게 솔직히 이야기하자 "그렇다면 오히려 내게 큰 도움이 되지." 라며 기꺼이 허락해 주었다. 우리는 구역을 나눠서 양배추 잎사귀 사이마다 숨어 있는 애벌레를 찾았다. 양배추 하나당 두 세 마리는 반드시 있었다. 해가 질 때쯤에는 우리가 미리 준비한 곤충 채집통 세 개가 애벌레로 가득 찼다. 커다란 수확에 우리는 흥분했다. 집으로 돌아와 누나에게 채집통을 보여 주자 비명을 지르며 "절대로 집 안으로는 들이지 말아 줘."라고 울면서까지 부탁을 했다.

하는 수 없이 나는 그것들을 뒷마당에서 키우기로 했다. 백 마리 가까운 애벌레에게 작은 채집통은 너무 비좁았기에, 쓰지 않아 부엌문 앞에 방치된 금붕어용 어항을 씻어다가 이사를 시켜 주었다. 채소라면 뭐든지 먹는다고 배우긴 했지만, 나는 혹시 몰라서 먹이로 양배추만 주기로 했다. 매일 부지런히 양배추를 주었더니, 몇 주 지나자 모두 번데기가 되었다. 그날로부터 나는 매일 아침 눈을 뜨면 제일 먼저 뒷마당으로 나가 어항 안을 들여다보면서 번데기에 변화가 없는지 확인했다.

어느 날, 칫솔을 입에 문 채로 언제나처럼 뒷마당으로 나간 나는 곧바로 무언가 달라졌음을 알아차렸다. 달려가 가까이서 보니 어항 안은 꽃이 핀 것처럼 새하얗게 뒤덮여 있었다. 아직 날개가 완전히 펴지지 않은 것도 있었지만, 백 마리의 번데기는 거의 일제히 나비가 되어 있던 것이다. 나는 양치질을 서둘러 끝내고 어항을 끌어안고서 집 밖으로 나갔다. 그리고 뚜껑을 열어, 잠시 숨을 죽인 채 기다렸다. 하지만 뚜껑이 열린 것을 모르는지 아직 날아갈 준비가 안 된 건지, 나비들은 꼼짝 않았다. 나는 갑자기 불안에 휩싸였다. 양배추밭에서 이런 곳에 데려온 탓에, 어쩌면 날지 못하는 나비가 태어났는지도 모른다. 손가락으로 어항 유리를 톡톡 두드려 봤다. 그래도 나비들은 움직이려고 하지 않았다. 상당히 긴 시간이 흘렀던 것 같다. 절반쯤 포기하여, 아버지나 어머니를 불러 올까 생각한 그때, 바람이 불어와 길가의 나무들을 바스락바스락 흔들었다. 그 순간이었다.

눈앞이 한순간에 새하얗게 뒤덮여서, 나도 모르게 눈을 감아 버렸다. 어항 안에 있던 하얀 나비들은 그 바람을 기다리기라도 했던 것처럼 일제히 날아올랐다. 그때 내 귓가에서 나비들이 날갯짓하는 소리를 나는 분명히 들었다. 새의 무리처럼 파닥파닥대는 큰 소리였다. 나비들은 순식간에 모두 사라지고, 내 손에는 번데기가 벗어 놓은 껍질만 가득한 어항이 들려 있었다. 그 어항을 들여다보는데, 갑자기 구역질이 올라왔다. 나는 어항을 안은 채로 뒷마당으로 돌아와, 호스 물을 세차게 뿌려 어항 안에 남은 허물을 전부 씻어냈다. 그때는 그것이 어떤 충동이었는지 잘 몰랐다. 하지만 지금은 분명히 안다. 내가 느꼈던 것은, 틀림없이 죽음이었다. 나비의 탄생이 아니라 번데기의 죽음에 마음이 격하게 흔들렸던 것이다. 죽음의 무리에 둘러싸여, 나는 공포를 느꼈다.

그런 경험이 갑자기 떠오른 탓인지, 나는 노랑나비에서 죽은 형을 떠올리는 어머니를 아주 부정하지는 못했다. 나비에게는 어딘가 그런 식으로 사람을 죽음으로 끌어당기는 것이 있는지도 모른다.

이것은 아버지가 돌아가신 다음에 있었던 일인데, 한번은 어머니와 둘이서 성묘를 갔던 적이 있다. 그때 돌아오던 길에서도 어머니는 나비 이야기를 꺼내셨다.

"저번에는 역 근처로 장을 보러 가려고 버스 정거장까지 걸어가는데 말야, 계속 나비가 따라오는 거 아니니……."

나는 잠자코 듣고 있었다.

"그런데 말야, 버스 정거장에 도착했더니 그 나비도 같이 기다리기라도 하는 것처럼 나한테서 떠나려고 하질 않는 거 있지. 그래서 분명 너희 아버지일 거라는 생각이 들더라고……."

어머니는 그렇게 말하더니 왠지 그리운 듯도 쓸쓸한 듯도 한 얼굴을 했다. 그렇게 서로 싸우기만 하던 사이였어도, 돌아가신 뒤에는 곧바로 아버지 유품을 버렸으면서도, 역시 부부란 그런 것인가 내심 흐뭇한 기분이 들었다. 하지만 착각이었다.

"그래서 있지. '당신이죠.'라며 목소리 내서 말해 줬어. '나는 여기서 혼자 즐겁게 사니까, 아직 데리러 오지 않아도 괜찮아요.'라고. 그랬더니 알아듣기라도 했는지, 팔랑팔랑거리며 바다 쪽으로 날아가 버리더라……."

어머니는 그렇게 말하더니 웃었다. 그때는 잠시나마 감동한 자신이 바보처럼 느껴졌지만, 아버지가 돌아가시고 나서 어머니도 어떤 식으로든 조금은 아버지를 기억하고 계셨구나 하고, 이제는 납득한다.

묘지 출구 근처까지 내려온 곳에서, 어머니는 도로가에 있는 무연고 묘를 발견하고는, 손에 들고 있던 해바라기를 바치고 가볍게 합장을 했다. 쓰레기통에 버려지면 어쩌나 걱정했는데 조금 안심했다. 사무소 옆에서 기다리고 있던 유카리와 아쓰시를 만나서 우리는 다시 걷기 시작했다. 네 사람 옆으로 자동차가 한 대 지나가며 묘지 쪽으로 올라갔다.

"이 오르막길 올라가는 것도 해가 갈수록 힘드네……."

과연 어머니는 조금 지친 기운으로 말했다.

"자동차가 있으면 금세금세 올라갈 텐데."

어머니는 달려가는 자동차를 눈으로 따라간다.

"걷는 게 건강에 좋아요."

내가 달래듯 어머니에게 말했다. 그러자 유카리가 나를 돌아보며 웃었다.

"운동 한번 정말 잘했다. 오늘 밤은 푹 자겠네."

어머니가 비꼬듯이 웃었다.

나는 자동차가 올라간 묘지 쪽을 돌아봤다. 태양이 산 뒤로 넘어가면서 나무들의 녹음이 오히려 선명하게 보였다. 해가 저문 산은 조금이나마 이른 가을 분위기를 띠는 듯했다.

집에 돌아온 것은 저녁 5시가 가까워서였을 것이다. 어렴풋이 어두워진 현관에는 낯선, 하도 오래 신어 다 해진 싸구려 구두가 있었다. 이마이 요시오였다. 형이 바다에서 자기 목숨과 바꿔 가며 구해 낸 소년이다. 우리가 거실로 들어왔을 때 요시오는 통통하게 살찐 다리를 접어 간신히 꿇어앉아, 불단을 등 뒤에 두고 자기가 사 온 양갱을 먹고 있었다. 아버지는 툇마루에 가부좌를 틀고 앉아, 옆에는 모기향을 피워 놓고서 줄곧 마당을 바라보고 있다. 우리는 "오랜만이네." "잘 지냈어?"라고 짧은 인사를 건네면서 상 주변에 흩어져 앉았다. 어머니는 땀이 멈추지 않는 요시오 옆으로 선풍기를 가져다가, 바람 세기를 '강'으로 맞춰서 그를 향해 고개를 고정해 주었다. 일 년 만에 만났는데, 요시오는 그새 또 조금 살찐 것처럼 보였다. 빌렸을 것이 분명한, 사이즈도 맞지 않는 작은 양복에 역 앞 편의점에서 샀을 법한 싸구려 넥타이를 매고 있다. 불단 앞에는 땀으로 젖어서 글자가 번진 부의금 봉투가 놓여 있다. 요시오의 컵에 보리차를 따라 주며 누나가 부드럽게 말을 건넨다.

"그럼 내년에는 졸업이네, 대학도……."

"네, 덕분에……."라며 끄덕인 요시오는 사람 좋은 웃음을 지어 보였다. 그러고 보니 이삼 년인가 재수 생활을 하던 끝에, 이름은 잊어버렸지만 학비만큼은 비싸기로 유명한 지방 사립 대학에 들어갔다. 그로부터 벌써 사 년이나 지난 것이다.

"취직은?"이라며 누나가 재차 물었다.

"언론계 쪽으로 가고 싶었는데, 아무 데도 안 돼서."

요시오가 다시 웃었다.

그 표정에는 천진함과 비루함이 겹쳐 보여서, 귀엽지도 야무져 보이지도 않았다.

"그건 어떻게 됐어? 연기 학교는."

선풍기 옆에 앉아 있던 어머니가 물었다.

"죄송하지만, 거긴 재작년에 그만둬서……."

뭔가 말할 때마다 요시오는 반드시 작게 끄덕인다.

"저런, 그랬어? 아까워라."

어머니는 놀란 듯이 목소리를 높였다.

"엄마, 작년에도 똑같은 소리 했어. 거기 앉아서."

분명 작년 기일에도, 요시오는 등을 구부린 채 땀을 뻘뻘 흘리며 저기 앉아 있었다. 그리고 누나가 말한 대로, 어머니는 지금과 똑같이 그가 연기 학교를 그만뒀다는 것을 아쉬워했다. 어머니는 그 일을 완전히 잊은 것 같았다.

"지금은 알바로 작은 광고 회사에 다니고 있는데, 그냥 그런대로 괜찮지 않을까 해서요……."

"그럼 됐네."

나는 밝게 맞장구를 치며 "안 그래?"라고 반대편에 앉은 유카리에게 동의를 구했다. 유카리는 말없이 작게 끄덕였다.

"광고라고는 해도, 슈퍼마켓 전단지나 만드는 거라……."

요시오는 부끄럽다는 듯이 말했다. 아버지의 등이 아주 살짝 움찔했다. 그렇게 덥지도 않은데 뭔가를 거부하려는 것처럼 아까부터 계속 부채질만 요란하게 하고 있다. 요시오는 컵에 절반 정도 남은 보리차를 홀짝이며 마셨다.

"시험 봐서 들어간 거야?"

누나가 요시오의 컵에 보리차를 재차 따라 주며 물었다.

"그런 건 아니고, 일단은 이렇게 알바로 지내 볼까 해서……."

요시오는 채워진 보리차를 다시 단숨에 비워 버렸다. 누나 옆에 앉은 사쓰키가 신기한 생물이라도 구경하듯 요시오를 말똥말똥 쳐다본다. 아이들이란 정말 솔직하고도 잔혹하다.

"뭐…… 뭐니 뭐니 해도 사람은 건강한 게 최고니까, 안 그래?"

누나가 말했다. 그것은 아마도 요시오를 위해서 해 준 말이었을 테지만, 내가 보기에 결과적으로는 괜히 그를 더 불편하게 만든 것처럼 비쳤다.

"저야 건강밖에는 내세울 게 없죠."

농담으로 한 소리였을 텐데, 요시오는 말을 끝내기도 전에 자기가 먼저 웃어 버렸다. 그 때문에 주변에 있던 사람들은 도리어 웃을 타이밍을 놓쳐 버렸다.

잠시 동안 거실 안에는 요시오의 웃는 소리만이 울리더니 그 후에는 기묘한 정적이 흘렀다. 누구도 정적을 메꾸려 하지 않았다. 요시오는 손에 들고 있던 빈 컵을 상 위에 올려놓더니, 꿇어앉은 자세를 고쳤다.

　"그때 준페이 씨가 구하시지 못했다면 지금의 저는 여기 없었을 것이기에, 진심으로 죄송한 마음과 감사한 마음뿐입니다. 감사합니다. 준페이 씨의 몫까지 열심히 살겠습니다."

　요시오는 격식을 차려 말하고는, 자신에게 다짐하듯 힘주어 고개를 끄덕였다. 그리고 모두에게 등을 돌려 앉아, 불단 옆에 놓인 형의 사진을 바라보면서 종을 쳤다. 힘 조절을 잘못했는지, 찌부러지는 듯한 소리가 거실에 울려 퍼졌다. 요시오의 커다랗고 둥근 등은 여전히 땀으로 흠뻑 젖어 있어서, 하얀 셔츠 아래로 살빛이 비쳤다. 그 모습이 재밌는지, 아쓰시가 자기 무릎 사이에 얼굴을 묻고 쿡쿡대며 웃기 시작했다. 옆에 앉아 있던 유카리가 그만하라며 팔꿈치로 찔러도 아쓰시는 그치지 않았다. 아버지의 부채질은 어느샌가 멈췄다. 합장을 마친 요시오가 모두를 향해 돌아 앉고는 "그럼 실례하겠습니다."라며 다다미 바닥에 두 손을 모으고 머리를 숙였다. 머리를 숙이는 그 모습에서, 이곳에 오는 것도 올해가 마지막이라고 정한 그의 결심을 나는 알아차릴 수 있었다. 십오 년 동안 매년 빠지지 않고 와 주었다. 아무리 생명의 은인이라고 해도, 요즘 젊은 사람치고는 대단히 성실한 것이다. 이 이상 그의 장래를 지켜보는 것은, 이쪽도 조금은 마음이 무거운 구석이 있다. 이제는 떠나보내야 할 때다. 웃옷을 집어 들고 일어서려던 요시오가 무언가에 걸린 것처럼 갑자기 앞으로 고꾸라졌다. 쿵 하고 큰 소리가 났다. 긴 시간 동안 다리를 접고 꿇어 앉아 있느라 피가 통하지 않았던 것 같다. 요시오는 "아야 야야……"라고 소리치며 무언가에 매달리듯이 손을 뻗었다. 하는 수 없이 바로 앞에 있던 내가 그 손을 잡아 그의 몸을 지 지했다. 둘이서 함께 일어서려고 할 때, 나의 손이 그의 바지 허리띠에 걸리면서 찌익 하고 실밥 나가는 소리가 났다. "괜 찮아요?"라고 어머니가 능청스러운 목소리로 묻는다.

"쥐가 났나?"

어머니는 굳이 말로 하지 않아도 알 것을 굳이 물으면서 우리 뒤를 따라왔다. 그 때문에 요시오는 괜히 더 어쩔 줄을 몰라 했다. 나에게 의지해서 걷는 동안, 그는 연신 죄송하다며 사과했다.

현관까지 걸어가는데 요시오가 "이제 걸을 수 있습니다." 라며 송구한 듯 웃어 보였다. 나는 왠지 한심한 기분이 들어서 되레 그를 격려하고 싶어졌다.

"아직 스물다섯이잖아. 이제부터 열심히 하면 뭐든지 될 수 있을 거야."

그렇게 말하며 그의 등을 툭 쳐 주었다. 철썩 하고 기분 나 쁜 소리가 났다. 마치 목욕탕에서 방금 쓴 수건처럼 축축해서, 내 손이 그의 땀에 젖어 버렸다.

"벌써 저 같은 건 인생이 뻔히 보여서요……."

현관으로 내려가서 구두를 신으며, 그는 비굴하게 웃어 보였다. 그 얼굴은 스물다섯 살 청년의 것이 아니었다. 그 미 소에 나는 처음으로 강한 혐오감을 느꼈다. 나는 젖은 손을 바 지 뒤쪽으로 해서 슬쩍 닦아 냈다. 뒤이어 어머니와 누나가 배 웅하러 따라 나왔다.

"내년에도 또 얼굴 비춰 주렴."

오늘 아침 우리 가족을 맞이했을 때처럼, 현관 마룻바닥에 무릎을 꿇고 앉은 어머니는 요시오에게 미소 지어 보였다. 꼭 끼는 겉옷을 힘들게 입으려던 요시오가 그 움직임을 멈추고 돌아봤다.

"약속이야, 꼭 와 주렴. 기다리고 있을 테니까."

어머니는 미소 짓고 있었지만, 그 눈빛에는 거절할 수 없는 강한 기운이 서려 있었다. 눈앞의 이 요시오를 형과 동일시하는 것은 결코 아닐 것이다. 그런데 왜 어머니는 그가 다시 와 주기를 고집하는 걸까. 나로서는 이해하기 어려웠다. 어쩌면 형에게 얽혀 있던 모든 것들이 하나씩 사라져 버려, 형이 완전히 과거의 인물이 돼 버리는 것을 견딜 수 없어서일지도 모르겠다. 그렇다면 요시오에게는 달갑지 않은 친절이다.

요시오는 난처한 얼굴로 작게 끄덕이고는 "네." 하고 대답했다. 그리고 어찌어찌 겉옷을 끼워 입은 뒤 "그럼 이만 실례하겠습니다."라고 마지막으로 한 번 더 인사를 하고 현관문을 열었다. 문을 닫을 때도 역시 생각했던 것보다 힘이 더 들어갔는지, 쾅 하고 커다란 소리가 나면서 현관 전체가 흔들리기까지 했다. 문 바깥쪽에서 요시오가 작은 목소리로 "죄송합니다."라고 말하는 것이 들렸다.

"쟤는 더 찐 거 같네……."

발소리가 멀어지기도 전에 누나가 말했다.

"100킬로는 나갈 거 같은데? 등에 이따만 한 살이……."

어머니가 일어서서 현관을 바라보며 당신의 등 주변을 양손으로 잡아 보였다.

"자기가 사 온 양갱을 두 개나 먹었어. 팥이랑 녹차맛."

누나가 두 손가락을 폈다.

"보리차는 세 잔이나 마셨어."

어머니는 손가락 세 개를 펴 보였다.

우리들은 누가 먼저랄 것도 없이 복도를 걸어 거실로 향했다. 꺅 하고 누나가 갑자기 비명을 지르며 뛰어올랐다.

"저것 봐, 저기. 땀 떨어져 있어. 앗, 여기도. 싫다, 더러워."

방금 요시오가 걸어온 곳을 따라서 군데군데 땀이 떨어져 있다. 어머니는 부엌에서 걸레를 가지고 와서 복도에 던지더니 발로 밀며 닦기 시작했다.

어쩐지 요시오가 너무 불쌍하다는 생각이 들었다. 나도 땀이 많은 체질이라 알지만, 들고 있던 종이가 젖거나 펜으로 글씨를 쓰다가 비벼져서 번지는 경우도 자주 있다. 하지만 그것은 내가 어떻게 해 볼 수 없는 영역이다. 기껏 부의금까지 들고 와서 이렇게까지 사람들로부터 미움을 받다니, 참으로 못할 일이다. 저럴 거면 선풍기 말고 에어컨을 틀어 줬으면 됐지 않은가. 그보다 차라리 내년에도 와 달라는 소리를 하지 않으면 되는 것이다. 발끝으로 요령 있게 걸레를 집고 있는 어머니를 바라보며 나는 그렇게 생각했다.

"걔 아까 '구하시지 못했다면'이라고 말했는데, 원래는 '구해 주시지 않았다면' 아냐?"

어머니는 발밑을 보며 말했다.

"2층 로데오보이라도 주면 좋았잖아?"

절반 남은 양갱을 먹으며 누나가 아무렇게나 말했다.

"그러네, 그럴까?"

어머니는 갑자기 발을 멈추더니,

"너, 버스 정류장에 좀 쫓아가서 말야."

라고, 누나를 향해 손을 휘저었다.

"난 싫어. 료 쨩, 니가 가."

누나는 자기가 말해 놓고선 나에게 떠넘겼다.

"나도 싫어, 그런 거."

나는 거실에 선 채로 넌더리를 치며 말했다.

"저따위……."

툇마루에 앉았던 아버지가 마당을 바라보는 채로 중얼거렸다.

"저따위 한심한 녀석을 구하자고, 뭐 하러 하필이면 우리 애가……. 다른 사람들도 얼마든지 있었을 것을."

아버지는 그렇게 내뱉듯이 말했다. 그것은 혼잣말이라기보다, 분명히 모두에게 들으라고 한 중얼거림이었다. 나는 아쓰시의 얼굴을 봤다. 그는 여전히 킥킥대며 웃고 있다.

"한심하네 마네, 그런 말은 그만둬요. 애들 앞에서……."

나는 아버지를 내려다보며 말했다.

"어디가 언론계야, 잘난 척은……."

아버지는 내 말은 무시한 채로 계속 말했다.

"딱히 그런 투로 말한 것도 아니었잖아요."

나는 가급적 냉정을 유지하며 타이르듯이 아버지에게 말했다. 정말이지 그는 잘난 척하며 말하지 않았다. 오히려 비굴하게까지 보였을 정도였으니까.

"지금의 저라니, 너도 봐라. 기껏 프리터일 뿐이지 않냐."

아버지는 듣지 않는 척하며 부채만 부쳐 대고 있었으면서, 요시오의 말을 하나하나 반복했다.

"뭐 어때요. 아직 젊잖아요."

나는 방석 위로 천천히 내려앉았다.

"쓸데없이 덩치만 커서. 저런 놈은 살아 있어도 아무런 쓸모가 없어."

아무리 그래도 그 한마디에만큼은 화가 치밀어 올랐다. 하지만 유카리와 아쓰시 앞에서 아버지와 이 이상 말다툼하는 모습을 보일 수도 없다. 나는 크게 한 번 심호흡을 하면서, 어떻게든 화가 가라앉기를 기다렸다.

"그러니까 연신 사과하는 거 아녜요, 죄송합니다 죄송합니다 하고. 누구였더라? 다자이 오사무였나?"

누나가 우리 둘 사이에 끼어들어 농담으로 무마해 보려고 했다. 여느 때라면 고마웠겠지만, 오늘만큼은 왜인지 바보 취급 당하는 기분이 들어 도리어 불쾌했다.

"하야시야 산페이 아냐?"

어머니는 선풍기를 정리하면서 주먹을 이마에 대고는 "죄송합니다."라며 절하는 시늉을 했다. 그 몸짓에 유카리가 저도 모르게 웃음을 뿜었다. 유카리 옆에서는 아쓰시가 아까부터 계속 자기 무릎 사이에 얼굴을 묻은 채 웃음을 참으려 애쓰고 있다. 그게 너무나 신경 쓰여서 부글부글 끓어올랐다.

"관계없다고, 다자이 오사무도 산페이도."

나는 누나와 어머니를 바라봤다.

아버지는 툇마루에 앉아서 다시 부채질을 하고 있다.

"저울질하지 말란 말입니다, 남의 인생을 두고⋯⋯" 나는 아버지 등에 대고 말했다. "그 친구도 나름 열심히 살아 보려는 건데, 생각한 대로 되지 않을 때도 있는 거잖아요. 아무리 그래도, 아비지처럼 사람 깔보듯이 그걸 하나하나 들추며 하찮네 어쩌네 하는 것도⋯⋯"

나의 이야기는 정리되지 않은 채로 구질구질 늘어져만 갔다. 나부터가 그것에 화가 났다.

맞은편에 앉은 아쓰시가 작은 목소리로 유카리에게 속삭였다.

"그 사람 양말, 한쪽만 새카맣더라."

나에게는 잘 보이지 않았지만 무릎을 꿇고 앉았을 때, 요시오의 양말을 아쓰시는 계속 지켜보고 있던 모양이다. 그 말을 듣고서 누나도 "봤어, 봤어, 새카맣데."라며 희한하다며 웃어 댔다. 보통 내 앞에서는 좀처럼 보인 적이 없었던 즐거워하는 얼굴로 아쓰시가 웃고 있다. 그리고는 자신의 양말을 가리키며, 유카리와 누나에게 보였다. 나를 신경 쓰느라 웃음을 참고 있던 유카리까지 견디지 못하고 키득키득 웃기 시작했다.

"웃지 마!"

나는 소리치며 아버지에게서 아쓰시를 향해 자세를 고쳤다. 그러다가 상 위에 놓아 뒀던 보리차 컵을 넘어뜨렸다.

"저런, 엎질렀어?" 어머니가 일부러 소리 내어 말하고는, 행주를 던져서 넘겨주었다.

"큰소리칠 거 없잖아."

누나는 그 행주를 주워다 상을 닦으며, 나에게 비난의 눈초리를 보냈다. 왜 어른답지 못한 아버지를 놔두고, 그를 나무란 나에게 비난의 화살이 돌아오는지 납득할 수 없다.

"어디서 성을 내는 게냐, 그만큼 나잇살이나 먹고서. 너하곤 관계없다."

정색을 하고 요시오를 비난하던 자신은 제쳐 두고, 아버지는 갑자기 어른 행세를 했다.

"의사가 그렇게 대단합니까?"

이대로 그만둘 수는 없어서, 나는 다시 한 번 아버지를 향해서 말했다. 티슈 상자를 손에 든 채 '이제 그만해.'라는 눈빛으로 유카리가 나를 바라본다.

"광고도 나름 훌륭한 일 아닌가요."

나는 이어서 말했다.

"형도 살아 있었다면, 지금쯤 어떻게 됐을지 알 수 없는 노릇이죠. 인생이라는 게."

어머니가 초밥집 아들인 고마스를 두고 했던 말을 나는 그대로 반복했다. 아무리 훌륭한 아들이고, 성적이 좋았다고 해도, 지금 살아 있으면 벌써 45세. 어디에나 있을 법한 그저 그런 아저씨가 됐을 가능성도 없지는 않다. 아버지나 어머니가 기대했던 인생의 선로 위를 형이 계속 달렸을 거란 보장 같은 건 그 어디에도 없다. 의사를 그만두고 실업자가 됐을지도 모르고, 이혼했을 수도 있지 않은가. 그런데 언제까지고 형의 존재를 이상적으로만 이야기하는 것은, 현실을 살아가야만 하는 사람들에겐 폐를 끼칠 뿐이다. 그런 속내를 담아서 비꼬아 말할 생각이었으나, 조금 지나쳤던 것 같다. 그 자리에 있던 모두가 움직임을 멈추었고 거실은 조용해졌다.

유카리는 시선을 상 위로 떨군 채로 굳었다. 누나도 이 분위기만큼은 농담으로 구제하기 어려워 보였다.

그때 슬금슬금 소리가 나면서 다다미방 장지문이 열렸다. 모두가 돌아본 그 자리에는 노부오가 서 있었다. 계속 옆방에서 자고 있다가, 우리가 거실에서 말다툼하는 것을 듣고서 눈을 뜬 모양이다.

"아유…… 하도 한심하다 한심하다 하길래, 내 얘기인가 싶어서 좀처럼 나오질 못했는데, 요시오 군 얘기였구나. 아유 살았다."

그렇게 단숨에 말하고, 노부오는 언제나처럼 구김 없이 웃었다. 그 웃는 얼굴에 굳었던 거실 분위기가 일시에 풀어졌다. 함께 자고 있었는지, 홑이불을 망토처럼 머리에 뒤집어쓴 무쓰가 노부오 옆에서 튀어 나오더니 상 위에 있는 양갱을 집었다.

멈췄던 시간이 다시 흘렀다.

"그래도 살은 좀 빼면 좋을 텐데."

어머니는 요시오가 먹던 양갱을 정리했다. "그러게."라고 누나가 맞장구를 쳤다.

"그 누구더라? 옛날에 그 스모 선수 닮았는데."

어머니는 재빨리 눈을 감고 기억을 더듬었다.

"다카미야마?"

누나가 큰 소리로 말했다.

"그건 하와이 사람이잖아, 불조심 광고 하던. 그이 말고 그…… 얼굴이 가운데로 푹 들어가서 울상인 사람."

어머니는 당신 손바닥을 얼굴 앞에서 오므려 보였다.

"울상이라니?"

누나가 어머니를 보며 물었다.

"그 왜, 옛날에 씨름판 아래로 얼굴부터 떨어졌는데, 코는 안 다치고 이마랑 턱이 까졌거든……."

그렇게 말하며 어머니는 본인이 먼저 웃는다.

"운전기사도 일어났겠다 슬슬 가 볼까."

누나의 말에 이제 막 양갱 뚜껑을 연 노부오가 동작을 멈췄다.

"에? 벌써 돌아가?"

"가야지."라고 말하며 일어선 누나는 "자나 깨나 불조심……" 노래를 부르면서 거실을 나섰다. 다카미야마가 출연한 광고 노래다. 나도 기억하고 있다.

가족 모임이 파했음을 확인한 아버지도 드디어 툇마루에서 일어섰다. 가슴께에서 신경질적으로 부채질을 하면서 내 등 뒤로 지나갈 때는

"준페이 몫까지라니…… 누구 맘대로 그런 소리를……."

이라고 여전히 낮은 목소리로 중얼거렸다. 분명 다시 한동안 진찰실에 틀어박혀 있을 것이다.

다다미방에 외투를 가지러 갔던 노부오가 다시 한 번 장지문 밖으로 얼굴을 내밀었다.

"처남, RV, 응?"

그렇게 웃으며 말하고는, 핸들을 붙잡는 흉내를 내며 누나 뒤를 따라 응접실 쪽으로 달려갔다. 나도 별수 없이, 조금 뒤늦게 웃음을 지어 보였다. 무쓰도 양갱을 손에 든 채로 노부오 뒤를 따라 달려갔다.

쟁반을 가지고 어머니와 부엌으로 갔던 유카리가

"양갱 좀 가져다줄래?"

라고 아쓰시에게 말했다. 아쓰시마저 일어나서 부엌으로 갔다.

거실에는 나 혼자만 남았다. 응접실에서 누나의 노랫소리가 아직 들려온다. 노부오와 사쓰키도 흥거운 목소리를 더한다. 다다미방의 툇마루 끝에 있던 건조대에서 비닐 시트가 하늘거리고 있다. 해 질 녘의 황금빛을 반사하며 느리게 움직이는 모양이 조금 쓸쓸하면서도 아름다웠다.

그 선명한 금빛을 보자니 형의 묘지에 있던 해바라기가 다시 생각났다. 왜인지 나 혼자만 어른답지 못하고, 융통성이

없으며, 농담도 받아치지 못하는 인간인 것처럼 느껴졌다. 아니, 이 집에서는 어렸을 때부터 늘 그래 왔는지도 모른다. 그것을 이제야 다시 깨달은 것이다. 보리차로 젖은 행주를 손가락으로 만져 보았다. 차가웠다. '역시 오지 말걸.'이라며 그때 조금 후회했다.

"괜찮아, 그렇게 비싼 것도 아닌데. 가벼워. 얼마더라……. 뭐 어떠니, 그 정도야. 두 개, 세 개 살 것도 아니잖아……."

누나와 통화하는 어머니의 목소리가 복도를 통해서 거실까지 들려온다. 무슨 이야기인지 나로서는 전혀 알지 못했다. 무쓰가 또 잃어버리고 간 모자를, 택배로 보낼지 집에 둘지 확인하던 통화는 잇달아 화제를 바꿔 가며, 십 분이 지나도 끝나질 않는다. 배달시킨 장어 덮밥이 식는 것도 그러니, 우리들은 어머니를 빼고 먼저 먹기 시작했다.

"어머님, 갖고 계시죠?"

유카리가 귀에 손을 갖다 대며 휴대 전화 거는 시늉을 했다.

"저기 있어."

나는 거실 구석에 있는 찬장 위를 젓가락으로 가리켰다. 어머니가 '라쿠라쿠'라고 부르는, 조작이 간편한 핑크색 휴대 전화가 덩그러니 놓여 있다. 기계에 약한 어머니를 위해 누나가 사 준 것이라고 한다.

"이쪽에서 걸 때는 일부러 밖에 있는 집 전화를 쓴다오."

장어에는 손도 안 대고, 맥주만 마시는 아버지가 우스꽝스럽다는 듯이 말했다.

"어머? 왜 그러시는 건가요?"라며 유카리가 고개를 갸우뚱했다.

"선으로 이어져 있지 않으면 믿을 수가 없다는 거야, 저 바보는."

아버지는 심술 맞은 콧방귀를 치고는, 절반 정도 남은 유카리의 잔에 맥주를 따랐다. 유카리도 미소 지으며 손으로 컵을 받친다. 아버지는 함께 마실 상대가 생겨 기쁜지, 아까부터 기분이 좋아 보인다. 두 사람의 웃음소리가 이어지는 그때, 손가락으로 빙글빙글 모자를 돌리며 어머니가 돌아왔다.

"그냥 둬도 된대⋯⋯."

방석에 앉으려던 어머니가 아버지와 유카리의 웃음을 들었다.

"뭐야, 뭐가 그리 재밌어?"

그렇게 말하며 거실 구석에 쌓아 올려진 방석 위에 모자를 던졌다. 아버지는 "아무것도 아냐."라며 상대도 안 해 준다. 맥주를 맛있게 다시 한 모금 마시고, 콧수염에 남은 거품을 엄지손가락으로 닦아냈다. 유카리는 삐져나오는 웃음을 참으며 바닥만 바라본다. 그 두 사람의 모습에 어머니는 슬쩍 질투가 난 것 같다.

어머니가 전화를 좋아했다고 말할 수 있을지는 잘 모르겠다. 분명 전화를 자주 걸긴 했지만, 그것은 내가 집에 잘 오지 않았기 때문인지도 모른다. 이따금씩 얼굴이라도 비췄더라면 그렇게까지 전화 걸 필요는 없었을 것이다. 좋아한다기보다는 필요에 의해서, 만나는 것을 대신해서 전화 거졌겠구나 생각하니 왠지 조금 마음이 아프다.

휴대 전화는 싫어하던 어머니였지만, 아버지가 돌아가시기 전후로 해서는 사용법을 배워서 곧잘 문자를 보내 오셨다. 무쓰나 사쓰키와도 문자를 주고받으며 젊은 문자 친구가 생겼다며 기뻐하셨다.

마지막으로 어머니와 전화로 이야기했던 것을 지금도 선명하게 기억한다. 12월 29일 아침 9시를 조금 지났을 때, 요쓰야의 맨션에 전화벨이 울렸다. 자다가 그 벨소리를 들은 나는 어머니에게 무슨 일이 생겼음을 곧바로 알 수 있었다. 그리고 스스로 저지른 잘못들이 떠올라 마음 한구석이 아렸다. 전화를 건 사람은 누나였다. "엄마한테서 방금 전화가 걸려 왔는데, 아무래도 상태가 이상해. 전화 끊고 구급차를 불렀는데, 바로 집으로 갈 테니까 너도 최대한 빨리 와 줘." 전화기 저편에서 누나가 말했다. 수화기를 내려놓고, 나는 집을 나설 준비를 하기 전에 혹시나 하여 본가에 전화를 걸어 봤다.

"네, 요코야마입니다."

어머니가 받았다. 그것이 우선 놀라웠다. "무슨 일이야?" "괜찮아. 어쩌다 좀 넘어졌는데. 추워서 말야." 그렇게 말하는 어머니의 어조는 평소보다 느리고 같은 말을 반복할 뿐 어찌할 바를 몰랐다. "추워서, 움직일 수가 없네. 이게 무슨 일인지." 나도 어쩔 도리 없이, 수화기를 붙들고만 있었다. 이러저러하는 동안 수화기 저편에서 구급차 사이렌이 가까워 오는 것을 알 수 있었다.

"구급차 왔네." "어머, 그래?" "누나가 불렀대." "아이고야, 남사스럽게." "그런 소리 할 때가 아니잖아." 나는 조금 초조해하며 수화기 앞에서 기다렸다. 잠시 후 구급 대원이 집으로 들어와서 전화를 넘겨받았다. 나는 곧바로 그리로 가겠다고 전하고, 어머니가 옮겨질 병원의 이름을 받았다. 나중에 알았지만, 어머니는 이때 구급 대원에게 직접 건강 보험증을 건넸다고 한다. 복도에 주저앉은 채로 일어서지도 못했을 텐데, 어떻게 텔레비전 위에 있던 보험증을 챙겼을까. 누나도 나도 희한하게 생각했지만, 똑부러지는 어머니다웠다.

어머니가 쓰러지기 일주일쯤 전에 웬일로 아버지에게서 전화가 걸려 왔다. "여보세요, 요코야마입니다."라고 내가 말하자, 아버지는 대뜸 "어어…… 잘 지내냐?"라고 말했다. 나는 그 한마디에 아버지라는 것을 알아차리고 "뭐, 그럭저럭요."이라 대답했지만, 좀처럼 직접 전화하시는 일이 없던 아버지가 평소와 달라 보였다. "무슨 일이에요? 다리는 좀 어때요?" 내가 물어도 아버지는 대답하지 않은 채 다소 우물거리며 용건을 꺼냈다.

"너희 엄마 말인데……."

나는 그 말이 끝나기도 전에,

"응…… 그거 때문이면 걱정하지 않아도 돼요."

라고 밝게 대꾸했다.

"어제도 전화했고, 그럭저럭 잘 지내고 있어요."

그렇게 대답하는 나에게 아버지가 말했다.

"그게 그렇지가 않아……."

"뭐라고요?"

아버지 목소리에 담긴 심각함에 나도 조금 불안해졌다.

"응, 아마도 28일쯤일 것 같아……."

아버지는 분명히 그렇게 말했다.

거기서 잠이 깼다. 몹시도 실감 나는 꿈이었다. 그때 아버지 목소리는 지금도 내 귓가에서 맴도는 것 같다. 아버지는 그 전해에 돌아가셨다. 꿈속의 나도 그 사실을 이미 알고 있는 상태에서 아버지와 이야기하고 있음을 알았다. 침대에서 나와 세수를 하고 나서도 28이라는 숫자는 분명히 머릿속에 남아 있었다. 12월 28일은 회사 종무식이 있는 날이다. 편집부 스태프들과 가벼운 회식을 하고, 그다음에는 집 안 대청소를 한 뒤, 연하장을 쓰고, 31일에는 유카리와 아쓰시 셋이서 어머니가 계신 본가에 갈 예정이었다. 꿈에서 들은 말에 너무 신경 쓰고 싶지는 않았지만, 나는 아버지에게서 전화가 있던 날로부터 28일까지 매일 어머니에게 문자를 보냈다. 어머니는 늘 그러듯이 충치와 건강을 걱정하는 내용으로 답장을 보내 왔다. 그걸로 완전히 안심하게 된 나는, 어머니를 살펴보러 본가에 가 보지 않았다. 모처럼 만에 아버지가 가르쳐 주셨건만, 뭐, 어차피 사흘만 지나면 갈 테니까. 지금 내려가게 되면 그대로 설날까지 지내게 되는 수가 있다. 그것은 피하고 싶었다. 그 정도로 어머니를 위해 시간을 쪼갤 여유는 정신적으로도 육체적으로도 없었다. 나는 그렇게 생각했던 것이다. 그 후 회한이랄까 죄책감은 지금도 사라지지 않는다. 어머니가 쓰러질 때 곁에 있어 봐야 무슨 일을 할 수 있었을지는 솔직히 모르겠지만, 그 후로 나는 몇 번이나 어머니를 끌어안고서 구급차가 오기를 기다리는 꿈을 꾸었다. 그 꿈을 더 이상 꾸지 않기까지 삼 년이 걸렸다. 이 일로부터 배운 것은, 인생에는 어떻게 해도 돌이킬 수 없는 실패가 있다는 점이다. 그렇지만 이를 깨닫게 된 것은 훨씬 뒤의 일이다.

　어머니는 방석 위에 고쳐 앉고는, 한 입밖에 먹지 않은 장어 덮밥의 도시락 뚜껑을 열고 다시 맛있게 먹기 시작했다.
　"기왕이면 걔들도 저녁까지 먹고 갔으면 좋았잖아……."
　아버지가 돌아가려는 누나네 가족을 붙잡지 않은 어머니

를 돌려서 비난했다. 아니, 아버지는 그럴 생각이 아니었는지 모르지만, 적어도 어머니는 그렇게 받아들였다.

"아이고 됐어요. 그렇게 여럿이서 저녁까지 소란 피우면, 이쪽도 피곤해요."

여럿이라고 해 봐야 고작 네 명이다. 우리 가족보다 한 명 많을 뿐이다. 그 말에 유카리도 눈치챘는지 순간 젓가락질을 멈추더니, 생각을 고쳐먹고는 미소 지으며 아쓰시의 얼굴을 바라본다.

"점심은 초밥에 저녁은 장어라니 굉장하네……."

아쓰시는 유카리의 말에도 묵묵히 젓가락만을 움직인다.

"튀김을 저렇게 많이 만드는 게 아니었는데. 아깝게시리."

어머니가 부엌을 돌아보며 말했다.

유카리는 그 말을 듣고 아차 싶은 표정을 지었다. 어머니에게 있어서 점심의 메인은 어디까지나 튀김이었던 것이다.

"갈 때 조금 얻어 갈까 봐요, 튀김."

어떻게든 실점을 만회하려고 유카리가 말을 이었다.

"튀김은 눅눅해지면 맛이 없어서……."

어머니는 유카리에게는 시선도 주지 않고 젓가락으로 장국을 휘젓는다. 유카리는 살짝 난처하여 내 쪽을 바라봤다. 나는 눈짓으로 '신경 쓰지 않아도 돼, 맨날 이런 식이거든.'이라고 전하고는 내 장어 덮밥을 먹는 데 집중했다.

"송(松)으로 하길 잘했어. 죽(竹)보다 아래는 기모스이[14]가 아니라 그냥 인스턴트 된장국이거든."

어머니는 그렇게 말하고는 후루룩 소리를 내면서 국물을

---

14   장어의 간을 넣어 끓인 국.

마셨다. 그 소리를 듣고 아버지가 얼핏 인상을 찌푸렸다. "도대체가 당신은 매너가 없어."라고 아버지는 어머니의 식사 습관을 두고 언제나 잔소리를 했다. 소리 내지 말라든가, 반찬이랑 밥을 동시에 입에 넣지 말라든가. 어머니가 없는 곳에서 아버지는 저런 여자에게 자식 교육을 맡길 수가 없다고 곧잘 말했다. 어머니는 어머니대로 같이 먹으면 맛있지 않느냐고 아버지가 안 계시는 곳에서 이야기하곤 했다.

"저, 이거 먹을 수 있는 거야?"

아쓰시가 국 안에 있던 장어 간을 기분 나쁜 듯이 젓가락으로 집어 올려 유카리에게 보여 주었다.

"응, 먹을 수 있는데……? 아쓰시한테는 어떠려나."라고 유카리가 웃으면서 고개를 갸우뚱했다.

그 대화를 듣고 있던 아버지가 옆에 있던 아쓰시의 그릇을 들여다봤다.

"무리해서 먹지 않아도 괜찮아. 할아버지가 먹어 줄게."

아버지는 당신 젓가락을 쭉 소리를 내며 빨아내고는, 아쓰시의 그릇 안으로 서슴없이 찔러 넣어 간을 집어 올리더니 입 안으로 던져 넣었다. 아쓰시는 그런 아버지의 입과 젓가락이 담가졌던 자신의 그릇을 무표정하게 번갈아 본다. 어머니는 당신이 기껏 칭찬한 기모스이를 아버지에게 부정당하기라도 한 듯한 기분이 들었는지, 순간적으로 무안한 표정을 지었다.

"그럼 대신에 할머니가 장어 하나 줄게."

어머니는 미소를 띠며 당신의 장어를 한 토막 집어서 아쓰시의 장어 위에 올려놓아 주었다.

"어머, 좋겠네."

유카리가 다시 웃음 지었다. 이번에는 그 모습을 보고 있던 아버지가 불쾌해졌다. 자신은 선의로 간을 먹어 주었건만, 이렇게 되면 당신이 손자의 것을 무리하게 뺏은 꼴이 된 게 아닌가 하고.

'또 시작이군……'이라고 생각하며, 나는 가급적 그 삐거덕대는 두 사람으로부터 떨어져 있으려고 했다. 옛날부터 눈앞에서 벌어지는 두 사람의 말다툼이 텔레비전 브라운관에서 펼쳐지는 드라마의 한 장면이라고 생각하곤 했다. 오랫동안 그래 온 습관이 몸에 배어 버렸다. 누나처럼 중간에 끼어 들어가 얼렁뚱땅 넘기거나, 농담으로 받아치고 이야기를 뒤얽히게 해서 그 자리를 누그러뜨리는 재주가 나에게는 없었기 때문이다. 유카리도 마찬가지로, 그런 식으로 대처하는 기술을 당연히 가지고 있지 않았다. 하지만 어떻게든 그 자리를 화목한 가족의 식탁처럼 보이기 위해 무의미한 분투를 이어 갔다.

"밥도 너무 많아."

어머니는 그렇게 말하고는 순식간에 당신의 밥을 덜어 내 도시락 위에 얹어 버렸다. 장어가 그 밥에 절반이나 가려졌다.

"잠깐 엄마, 그렇게 위에다 올리면……!"

나는 질색하여 말하다가 그만뒀다. 이 정도 밥을 먹지 못할 것은 아니었지만, 반찬 위에 얹어 버리면 맛없어 보인다는데 어머니는 신경조차 쓰지 않는 것이다.

"뱃속에 들어가면 다 똑같아."

나의 불만을 눈치챘는지 어머니가 변명을 했다. 아니, 변명이라기보다는 오히려 사소한 데 집착하는 나를 향한 나무람에 가까웠다. 나는 하는 수 없이 어머니의 밥을 옆으로 밀어 내고, 간신히 모습을 드러낸 장어를 입으로 옮겼다.

"저 사람은 옛날부터 정말이지 섬세한 데가 없다니까."

아버지는 마치 자신이 당하기라도 한 것처럼 분개하여 어머니를 향해 젓가락질을 해 댔다.

어머니는 내가 아니라 아버지에게 비난당한 데 발끈했다.

"섬세함이라니, 당신한테 그런 소리를⋯⋯."

그다음에 이어질 말을 삼키고는, 대신에 어머니는 비아냥조로 웃었다. 유카리는 두 사람의 얼굴을 번갈아 보며, 어떻게든 끼어 보려고 했다. 그것을 알았는지, 아버지는 이번엔 유카리에게 말했다.

"콘서트 데리고 가면 잠이나 잔다니까, 코까지 골면서. 항상 그래."

유카리는 어떻게 반응해야 좋을지 몰라 잠자코 끄덕이기만 한다.

"언제 적 얘기를 하는 거예요."라고 어머니는 장어를 입안 가득 넣은 채로 말했다. 나는 호주머니에서 휴대폰을 꺼내, 내일 돌아갈 전차 시각을 알아보기 시작했다. 점심때까지는 집에 돌아가고 싶었다. 특별히 볼일이 있는 것은 아니지만, 우물쭈물하다가는 내일 오후까지 이렇게 어색하게 식탁에 둘러앉게 될지도 모른다. 그것은 어떻게든 피하고 싶었다.

"옆방에 레코드판이 많이 있던데요?"

유카리는 아버지에게 화제를 돌려 물었다. 분명 아까 낮에 함께 사진을 볼 때 발견한 것을 기억해 뒀으리라. 오래된 LP 레코드들이 전축 옆 선반을 가득 메우고 있기 때문이다. 아버지가 문득 자랑스럽게 웃었다.

"아, 젊었을 때 제법 모으던 것들이라⋯⋯."

옛날에 레코드를 모으던 시절의 이야기를 하려던 아버지가 잠시 말을 멈춘 사이를, 어머니가 놓치지 않고 끼어들었다.

"그저 장식일 뿐이야. 이젠 거의 듣지도 않는걸. 자리만 차지하지…….”

어머니는 장어에서 시선도 돌리지 않고 말했다. 웃던 아버지의 얼굴이 굳어졌다.

"의사 선생님이라고 하면 역시 클래식의 이미지가…….”

유카리는 동의를 구하듯 나의 얼굴을 바라보며 "그렇지?"라고 말했다. "으음."이라고 동의도 부정도 아닌 어정쩡한 반응을 하고, 나는 귀찮은 듯이 다시 휴대 전화 액정으로 시선을 돌렸다. 그런 노력은 의미 없다는 것을 유카리도 어서 알아차리게 해 주고 싶었다.

"의사 선생님이래 봐야, 고작 동네 의원일 뿐인걸…….”

어머니는 내뱉듯이 말하며, 일부러 아버지의 자존심을 건드렸다. 아버지 말에 따르면 동네 의원인 편이 환자와 거리도 가깝고, 인간 대 인간으로서 관계가 만들어지는 의료의 정도(正道)라고 한다. 하지만 어머니는 "출세 경쟁에서 뒤처진 거야."라고 한마디로 정리해 버릴 뿐이다. 출신 대학 병원에 남아서 교수나 부장 따위가 되기 위해서는 실력만으로는 부족한 것이 당연하고, 상사나 부하 직원과의 인간 관계, 즉 정치력이 필요하다. 아버지는 그런 데는 소질이 없었다. 그 약점을 극복하려고도 하지 않았다. 그것은 본인도 알기 때문에, 어머니의 말을 듣고 아버지는 순간 기가 죽어서 입을 다물었다.

"그래도 가족 중에 의사가 있으면, 무슨 일이 있을 때 마음이 든든하시겠어요.”

유카리는 어떻게든 아버지를 거들어 보려고 한다.

"그런 거 없어요, 바쁘기만 했지. 자기 자식이 위독하다고 해도 곁에 있지도 못했는걸.”

어머니는 아버지의 얼굴도 유카리의 얼굴도 보지 않은 채로 "이거 줄게."라며 오이절임을 아쓰시의 밥 위에 올려 주며 상냥하게 웃어 보였다. 아버지가 컵에서 손을 떼며 어머니를 향해 자세를 고쳤다.

"어쩔 수 없었잖아. 그때는 식중독 때문에 긴급 환자가 밀려 있었다고……."

이런 말다툼은 지난 십오 년 동안 몇백 번이나 두 사람 사이를 오간, 해결될 기미조차 보이지 않는 갈등이었다.

"당신은 말야, 남자한테 일이 얼마나 중요한지 알지를 못해……."

아버지는 정해진 대사처럼 말했다. 분명 지난 사십 년 동안, 두 사람 사이에서 언쟁이 벌어질 때마다 이 한마디로 대화는 일방적으로 끝나곤 했을 것이다.

다만 지금 생각하면 이것을 정해진 대사처럼 말할 수밖에 없으셨다는 것이 조금 가엾게 느껴지기도 한다. 아버지는 아버지대로 역시 당신 자식의 임종을 지키지 못했다는 데 아버지로서나 의사로서도 후회와 부채감이 있었을 것이다. 그리고 이는 돌이킬 수도 없는 것이어서 돌아가실 때까지 당신 안에 남아 있었을 게 틀림없다. 그것은 후에 내가 어머니에게 느꼈던 것보다도 아득하게 깊은 데다가 잔혹하기까지 한 것일지도 모른다. 그러나 그것을 이때만큼은 어머니도 나도 알아차리지 못하고 있었다. 모두 자신의 감정만으로도 벅찼기 때문이다. 나 같은 경우엔 오히려 의식적으로 그것으로부터 시선을 돌려 못 본 척했다.

"그러게요, 나는 일이라곤 한 번도 해 본 적이 없으니까요……."

어머니는 언제나 아버지에게 듣던 이야기를 앞질러 말했다. 그러고는 마지막에

"이제는 저 사람도 놀고 있지만서도."

라고 놀리듯이 덧붙였다. 그것은 꽤나 잔인한 한마디였다. 아버지가 일을 그만둘 수밖에 없어지면서부터, 이 집안의 권력 관계는 완전히 역전된 것처럼 보였다. 문제는 그것을 받아들일 정도로 아버지가 노쇠한 것은 아닌 데다, 관용적이지도 않았다는 사실이다. 그리고 어머니에게는 상냥함이라는 요소가 철저하게 결여되어 있었다. 어디서 어쩌다 이 부부는 잘못되어 버린 걸까. 맞선이었다고는 해도 피차 납득하여 결혼했을 테니 애초부터 성격이 안 맞았던 것도 아닐 텐데. 나는 휴대 전화를 들여다보며 그런 생각을 하고 있었다. 그때 불쑥 옆에서 유카리의 손이 튀어나오더니 내 휴대 전화를 낚아챘다. 그녀는 끝까지 미소는 잃지 않은 채로, 휴대 전화를 나와 반대편으로 밀어 놓았다. 나는 야단맞은 아이처럼 창피한 기분이 들어, 고개를 숙인 채로 눈만 슬쩍 치켜떠서 정면에 앉은 아쓰시를 훔쳐봤다. 아쓰시는 어른들의 말다툼에 귀를 기울이면서도, 한결같이 표정은 바꾸지 않은 채 젓가락 끝으로 장어를 찌르고 있다.

"또 어떤 곡을 들으시나요?"

유카리는 다시 아버지를 돌아보며, 어떻게든 화제를 음악으로 돌렸다.

"재즈…… 같은 걸 주로 듣지요……."

아버지도 어떻게든 감정을 추스르고는, 궁리 끝에 대답했다. "아아."라며 유카리가 짐짓 크게 맞장구를 쳤다.

그 맞장구에 아버지는 조금 기분이 나아진 것 같다.

"오래됐지만 마일스 데이비스라든가…… 뭐, 비틀스 정도까지는 어떻게 들어 보겠는데, 랩인지 삽인지 모르겠어도 요즘 것들은 도통, 음악도 아니지."

아버지 말에 "그러게요……."라고 유카리도 호응했다.

"이 사람, 가라오케에선 엔카도 불렀던 거 같더라고."

어머니가 다시 찬물을 끼얹었다.

"가라오케?"

의외의 이야기에 나도 고개를 들어 어머니를 봤다.

아버지는 다시 표정을 찌푸리며, 잠자코 맥주를 마신다.

"시마즈 씨가 보낸 연하장에 쓰여 있더라고. 요코야마 씨가 부르는 「스바루」가 다시 듣고 싶다고."

어머니는 크게 입을 벌려 장어를 욱여넣었다. 시마즈 씨라면 아버지의 대학 동창으로, 지금은 지바 쪽에서 개업의로 있는 분이다. 분명 동창회 2차였든 뭐든지로 가라오케에 가서, 취하여 권하는 대로 불렀을 것이다.

"남의 엽서 마음대로 보지 마."

아버지는 장난을 들킨 아이처럼 부루퉁해서 말했다.

"엽서라서 안 볼래도 보이는걸요. 싫으면 전부 봉투에 담아서 보내라고 하세요."

어머니는 의기양양하게 말하고는 "안 그래요?"라며 유카리에게 동의를 구했다. 유카리는 이번에도 어떻게 반응해야 좋을지 곤혹스러워한다.

당하고만 있는 아버지가 조금 불쌍하게 느껴지기도 했지만, 평소 위압적으로만 굴었던 만큼 수세에 몰린 모습을 구경하는 것도 나쁘지는 않았다.

"엔카란 말이죠……?"

나의 말투에도 평소의 울분을 푸는 듯한 짓궂음이 조금 배었는지 모르겠다.

"「스바루」는 엔카가 아니야."

아버지가 정색을 하며 말하고는 유카리를 똑바로 쳐다보며

"엔카가 아니에요, 「스바루」는."

이라며 강하게 다시 한 번 말했다. 유카리는 그 기세에 눌려 크게 끄덕였다. '그런 사소한 건 아무래도 상관없지 않나.'라고 나는 생각했다. 어머니도 같은 생각이었는지, 아버지의 역정에 아무런 반응도 보이지 않고, 완전히 무시했다. 아쓰시는 때때로 시선을 들어서 아버지와 어머니, 유카리의 얼굴을 번갈아 보고는, 다시 자기 그릇으로 시선을 돌린다.

"두 분만의 추억의 곡 같은 것도 있나요?"

유카리는 포기하지 않고 어떻게든 이 자리를 누그러뜨리려 필사적으로 노력했다.

"그런 게 있을 리 없지."

아버지는 눈앞에서 손사래를 치며 부정했다.

"레코드가 있지요."

그 모습을 본 어머니가 유카리에게 말했다. 어머니는 입가에 옅은 미소를 띠우고 있다.

"무슨 곡이에요?"

아버지가 쑥스러워서 감춘 거라 생각했는지, 유카리는 흥미를 보이며 적극적으로 나섰다.

"추억의 가요, 들어 볼래요?"

어머니는 대답을 기다리지도 않고 일어나서, 천천히 거실을 나갔다. 2층으로 향하는 계단을 올라가는 발소리가 들려온다. 유카리는 드디어 자신이 이끈 대화가 하나의 전개(展開)를

만들었다는 사실에 안도감을 느낀 듯했다.

어머니가 사라지고 나자 갑자기 조용해졌다. 아버지는 이 제야 찬합 뚜껑을 열고 장어를 먹기 시작했다. 네 사람의 밥 먹는 소리만이 여섯 조짜리 거실을 채우고 있다. 그 침묵을 가장 견디지 못한 것은 아버지였다.

"저 사람 작년에는, 홈쇼핑에서 「쇼와의 가요」인지 뭔지를 속아서 사서는⋯⋯."

아버지는 어머니가 무엇을 하려는지 전혀 생각지도 못하는 채로, 내심 초조하다. 그리고 그 초조함을 유카리와 아쓰시에게 들키지 않으려 당신이 일부러 먼저 말하는 것이다.

"서른 개짜리 세트. 얼마였더라⋯⋯."

"그거 내 방에 있더라고요."

피해자의 한 사람으로서, 나도 어떻게든 그 사이에 한마디 끼어들고 싶었다.

"한 번도 듣는 꼴을 못 봤어⋯⋯."

'그치?'라는 얼굴로 나를 보고는, 아버지는 인상을 찌푸리며 천장을 올려다봤다.

어머니 흉을 보는 걸로, 나와 아버지는 오늘 처음으로 의견이 맞았다.

"속아서 산 거 아녜요, 노망이라도 났다는 것처럼 무슨 말을⋯⋯."

어머니가 인기척도 없이 거실에 나타났다. 분명 발소리를 죽인 채 계단을 내려와서, 그늘진 구석에 숨어서 우리가 하는 이야기를 듣고 있었을 것이다. 이런 점은 정말 나빴다. 아버지는 놀라서 다음에 하려던 말을 삼켰다. 어머니는 등 뒤로 감추고 있던 레코드판을 내 눈앞에서 흔든다.

"뭐야? 누구 곡이야?"

어머니는 괜히 젠체하며 레코드판을 다시 감추는 시늉을 한다.

"너, 저기 전축에다 한번 걸어 봐."

어머니는 계단 아래 응접실을 가리켰다.

"지금?"

장어도 아직 다 못 먹었다. 하지만 어머니는 내 앞에 선 채로 앉으려고 하지 않는다. 귀찮았지만 나는 별수 없이 일어나서, 어머니에게서 레코드판을 받았다. 오래된 싱글 앨범이었다. 손끝에 만져지는 비닐이 먼지로 껄끔거렸다.

"바늘, 녹슨 거 아녜요?"

"괜찮아, 들을 수 있어."

나의 물음을 자르며 어머니가 말했다.

복도를 지나 응접실에 불을 켜고 들어가, 정면에 놓인 턴테이블에 전원을 넣었다.

"누구 노래예요?"

거실에서는 유카리가 아버지에게 다시 질문을 하고 있다.

"난 관계없소."

아버지는 늘 그랬던 언짢은 아버지로 완전히 돌아와 있다.

"당신과도 관계있는걸요."

어머니는 의기양양한 말씨이다.

나는 조심스럽게 레코드판 위에 바늘을 올렸다. 집에서는 언제나 CD뿐이었기 때문에 괜히 긴장이 되었다. 검은 원반이 돌아가는 것을 선 채로 잠시 바라봤다. 이윽고 들어 봤음 직한 전주가 시작했다.

가사집을 내려다보며 나는 거실로 돌아왔다.

"엄마, 이 곡 말야."

어머니는 왼손을 들어 나의 말을 가로막고는, 검지를 세워 '잠자코 들으렴.'이라고 신호를 했다. 나는 하는 수 없이 잠자코 자리에 앉았다. 어머니는 눈을 감은 채 곡이 시작하기를 기다린다.

> 거리에는 불빛들이 너무나도 예쁘네요
> 요코하마 블루라이트 요코하마
> 당신과 함께라서 행복해라

"언제 적 곡이었죠?"

유카리도 들어 본 적이 있는지, 멜로디에 맞춰 고개를 끄덕이다 물었다.

"1970년쯤일걸……박람회 열기 조금 전에."

어머니는 대답하면서 나무젓가락 껍데기로 종이풍선을 접기 시작했다.

> 언제나처럼 사랑의 속삭임을
> 요코하마 블루라이트 요코하마
> 제게 속삭여 주세요 당신의 입술로

"엄마, 가끔 이 노래 불렀잖아."

나의 그 한마디에 아버지가 젓가락질을 멈췄다. 어머니는 표정 하나 바꾸지 않고 종이 접기에만 열중이다. 그러다가 후렴이 시작하는 부분이 오자 작은 소리로 따라 부르기 시작했다.

걸어도 걸어도 조각배처럼

나는 흔들리고

또 흔들려 당신 품속으로

아버지가 식어 버린 장어를 입안으로 쓸어 넣는다. 그 모습을 보면서 아쓰시가 빙긋 웃었다. 유카리는 자신이 이끌어 낸 대화가 조금도 이 자리를 누그러뜨리지 못했다는 것은 받아들인 것 같다. 어머니만 혼자서, 옆방에서 들려오는 곡에 맞춰서 흥겨운 듯이 몸을 좌우로 흔든다.

발자국 소리만이 따라오네요

요코하마 블루라이트 요코하마

다정한 입맞춤, 다시 한 번만

이시다 아유미가 부른 「블루라이트 요코하마」는 내가 초등학생 때 유행했던 곡이다. 어린아이에게는 아직 이해 가지 않는 가사였지만, 도쿄라고 해 봐야 밭과 공장으로 둘러싸인 먼지투성이 동네에 살던 나에게, 요코하마라는 지명은 한결 세련된 도시의 인상을 주었다. 어머니가 이 노래를 좋아했는지 어땠는지는 알지 못한다. 아버지와의 사이에서 이 노래를 두고 어떤 추억을 가지고 있는지도 잘 모른다. 다만 몇 번인가 어머니가 이 곡을 부르는 것을 들은 기억은 분명하다.

"역 앞까지 아빠 마중 나갈까?"

어머니가 문득 말을 꺼낸 것은 저녁밥을 다 먹었을 쯤이었을까. 그 당시 아버지는 병원 일로 바빠서 매일 야근을 하느라 밤 12시 전에 귀가하는 경우가 거의 없었다. 역까지 마중 나갔던 적이라곤 없었는데 웬일인가 싶었더랬다. 하지만 초등학생인 나에게 밤에 시내까지 외출하는 것은 그것만으로도 신나는 일이어서, 방금 목욕을 하고 나와서 젖은 머리를 한 채로 어머니 뒤를 따라 나섰다. 우리는 이미 거의 모든 가게가 셔터를 내린 상점가를 걸었다. 십오 분쯤 걸어서 역에 도착했다. 도부토조선의 가미이타바시 역. 이 역 개찰구에서, 우리는 몇 번인가 전차를 그냥 보냈다. 아버지로부터 몇 시에 돌아온다는 전화가 있었던 것도 아니었기 때문에, 마중 나온다는 것은 구실이었을 뿐, 잠시나마 집에서 벗어나고 싶었던 것일지도 모른다고 지금에 와서야 생각해 본다. 그러나 당시 나는 그런 것은 전혀 생각지도 못하고, 전차에서 내리는 아버지를 어머니보다 먼저 찾으려고 필사적일 뿐이었다. 둘이서 한 시간 정도 그곳에 서 있었을까.

"돌아갈까?"

어머니가 돌연 그렇게 말하고는 이내 발걸음을 돌렸다.

나는 하는 수 없이 다시 어머니의 뒤를 따라 걸었다. 돌아오는 길에, 역 앞 상점가에서 어머니는 "형이랑 누나한테는 비밀이야."라며 아이스바를 사 주셨다.

상점가를 빠져나와, 동급생의 안경집 모퉁이를 오른쪽으로 돌면 익숙한 등굣길이 나온다. 그 길옆에는 굽이굽이 좌우로 흐르는 한 줄기 하천이 있다. 비가 오는 날에는 금방 물이 불어서 인도까지 넘치곤 했다. 지금 생각해 보면 위험했을 텐데, 우리들은 물이 넘쳐흐르는 다리 위에서 책가방을 짊어진 채로 장화발로 첨벙첨벙 물을 튀기며 놀았다. 그 다리에 다다랐을 때, 어머니는 문득 노래를 부르기 시작했다. 「블루라이트 요코하마」였다. 특별히 잘 부르는 것은 아니었지만, 어머니의 샌들이 콘크리트 바닥에 부딪히는 딸깍딸깍거리는 소리가 반주가 되어, 어딘지 모르게 애처롭게 들렸다. 그래서였는지 나는 그때 어머니에게 아무 말도 걸지 못했다. 노래 부르는 어머니의 뒷모습을 그저 바라보면서, 평소보다 조금 떨어져서 걸었다. 어머니는 그때 어떤 표정으로 그 노래를 불렀을지 이제 와서야 몹시 궁금해진다. 하지만 내 기억에 남은 것은 그 노랫소리와 샌들이 부딪히는 소리 그리고 어머니의 하얀 종아리뿐이다.

음악 이야기는 그 이상 이어지지 않고, 저녁 잔치는 그걸로 끝이 났다.

"술 마시고 바로 뜨거운 물에 들어가면 몸에 안 좋아요."

어머니의 충고를 무시하고 아버지는 재빨리 욕실로 들어갔다. 한시라도 빨리 이 공간에서 벗어나서 혼자 있고 싶었을 것이다. 아쓰시는 툇마루에서 오락을 시작했다. 이것은 언제나 똑같은 식후 일과다. 결국 그 후에 기모스이에는 한 번도 입을 대지 않았다. 나는 누나 방에 드러누워 잠깐 숨을 돌렸다. 부엌에서 설거지를 마친 유카리가 방으로 들어와 내 옆에 앉았다.

"아까 엄마가 괜찮다고 들을 수 있다고 했잖아?"

나는 아까부터 신경 쓰이던 것을 유카리에게 털어놓았다.

"그거 말이야, 분명 혼자 있을 때 레코드 듣고 계신가 봐. 그렇게 생각하니까 왠지 오싹해진단 말이지."

아버지를 꼼짝 못 하게 만들어서 기뻐하던 좀 전 어머니의 표정을 떠올리며 내가 말했다.

"그렇지 않아요……."

유카리로부터 의외의 대답이 돌아왔다.

"그 정도는 보통이죠."

"그런가?"

나는 상반신만 일으켜 유카리의 얼굴을 바라봤다.

"혼자서만 듣는 노래, 누구에게라도 하나쯤 있을걸요."

유카리는 정면을 향한 채로 말했다. "흐응."이라고 대답하면서도 나는 납득하지 못했다.

"그런 건가?"

"그렇답니다."

유카리의 말은 확신에 차 있었다.

"그럼 당신한테도 있구나, 그런 노래."

내 물음에는 대답하지 않고, 유카리는 조용히 웃는다.

"뭐야? 가르쳐 줘."

나는 다시 들이대며 물었다.

"비, 밀……."

유카리는 여전히 정면을 향한 채다. 나는 도리 없이 다시 바닥에 벌렁 드러누웠다.

"무섭네, 여자란……."

"무섭죠, 사람이란 누구나……."

유카리가 처음으로 나에게 시선을 돌린 듯했다. 분명 내가 모르는 곳에서, 내가 알지 못하는 추억에 잠겨, 그녀는 노래를 듣거나 부를 것이다. 딱히 그것 자체에 질투를 느끼는 것은 아니다. 여태껏 삼십 년 이상 각자의 인생을 살아왔으므로, 그 정도는 받아들이면서 함께 살아가는 거라고 생각한다. 다만 그런 것을 이렇게 아무렇지도 않게 말하는 것을 들으면, 그녀가 한 인간으로서 조금이나마 한 수 위인 것처럼 생각되는 것은 사실이다. 나는 평생 여자라는 생물을 이해하지 못할 것 같다.

　　그릇들을 모두 씻고서, 어머니는 부엌 식탁에 혼자 앉아서 레이스 뜨개질을 하고 있다. 식탁 위에는 무쓰가 주워 온 백일홍을 꽂은 물병이 놓여 있고, 그 아래에도 하얀 레이스가 달린 화병 받침이 보인다. 분명 어머니가 손수 만든 받침일 것이다. 나는 어머니 옆을 지나서 가스레인지의 환풍기를 돌리고, 그곳에서 담배에 불을 붙였다.

　　"야간 경기 하지 않니? 이런 거 옥상에 달아 놔서 위성 방송도 볼 수 있어."

　　어머니는 돌아보지도 않은 채, 양손으로 커다란 원을 만들어 보였다. 아버지뿐 아니라 어머니까지 아직 내가 야구를 좋아한다고 생각한다.

　　"됐어, 별로."

　　나는 짐짓 무뚝뚝하게 답했다.

　　"텔레비전도 요샌 볼 게 없어서. 재미도 없는데 웃는 소리만 요란하고. 그거 나중에 덧씌우는 거지?"

　　"그렇다나 봐."

　　건성으로 맞장구를 치면서, 나는 셔츠 포켓에서 꺼낸 1만 엔짜리 지폐를 어머니 얼굴 옆으로 내밀었다.

　　"자."

　　뜨개질을 하던 손을 쉬지 않은 채, 어머니가 슬쩍 옆으로 돌아봤다.

　　"뭐니?"

"뭐든 갖고 싶은 거라도 사요."

"어머."라고 놀란 표정으로 내 얼굴을 보고는, 어머니는 처음으로 움직이던 손가락을 멈췄다.

"아들한테 용돈도 다 받고, 아이 좋아라……."

어머니는 정말로 기쁜 것처럼 나를 올려다보았다.

"아니, 거 왜, 맨날 얻어먹기만 하고 그러니까."

너무나 기뻐하는 어머니의 모습에 오히려 괜히 뒤가 켕기는 기분이 들어, 변명하듯이 덧붙였다.

어머니에게 용돈을 드린 것은 그 이전에도 이후에도 없었다. 그것도 엄밀히 말하면 내 돈이 아니었다. 한심하게도 현금이 모자라서, 유카리가 자기 지갑에서 꺼내 준 것이다. 그런 줄은 전혀 모르고, 어머니는 다음 날 곧바로 누나에게 전화를 걸어 희희낙락하며 자랑했나 보다. 어머니는 그 만 엔으로 저렴한 연보라색 재킷을 샀다. 너한테 받은 돈으로 샀다면서 그 다음 설에 다시 집에 내려왔을 때 굳이 서랍을 열어서 보여 주었다. 다만 어머니가 그 옷을 입는 것을 나는 한 번도 본 적이 없다. "나들이옷이거든."이라고 누나에게는 말했던 것 같은데, 어쩌면 나와 어딘가 외출할 때를 위해서 쟁여 두었는지도 모르겠다. 하지만 그런 기회는 결국 오지 않았다. 어머니가 돌아가시고 나서 옷을 정리하게 되었다. 나는 이 연보라색 재킷을 어떻게 할지 마지막까지 고민하다가 결국 관에 함께 넣어 드렸다.

어머니는 스모 선수가 씨름판 위에서 상금을 받을 때 취하는 동작을 따라 하더니, 소중하게 돈을 주머니에 넣었다.

"그거 누구였더라……? 그 얼굴이 푹 꺼져서 울상이었던 스모 선수……."

스모 선수 흉내를 내면서 다시 생각난 모양이다. 어머니는 오후에 했던 이야기를 다시 끄집어냈다.

"아직도 그 생각이야?"

나는 놀라서 물었다.

"이런 거 내버려 두면 나중에 치매 걸린대……."

레이스 뜨개질을 다시 시작하면서 어머니가 대답했다.

"와카노 하나?"

나는 재떨이를 가지러 잠시 복도 쪽 찬장으로 가면서, 아는 스모 선수 중에 생각나는 대로 이름을 댔다.

"아냐."

"기타노 후지."

은색 재떨이를 들고 싱크대로 돌아오면서, 나는 퀴즈를 맞히듯이 말했다.

"그 사람은 되게 남자다운 사람이잖아. 그렇지 않고 훨씬 애교 있는……."

어머니는 얼굴을 쭈글쭈글하게 만들어 보였다.

싱크대로 돌아가면서 슬쩍 보인 그 얼굴이 우스워서, 나도 모르게 소리 내서 웃었다. 어머니도 어깨를 으쓱하면서 작게 웃고는 다시 뜨개질로 돌아갔다. 아쓰시는 툇마루에 앉아서 여전히 오락에 열중이다. 그 전자음이 부엌까지 희미하게 들려온다. "있잖아."라고 나는 어머니의 등에 대고 작은 소리로 말을 꺼냈다.

"요시오 군, 이제 그만 됐지 않아?"

어머니는 변함없이 손을 움직이고 있다.

"이제 집으로 부르는 거 그만해요."

"왜?"

어머니는 너무나 온화하게 말했다.

"좀 불쌍하잖아. 우리 만나는 것도 괴로워 보이고……."

솔직히 나는 너무나 비굴한 미소를 짓는 그의 얼굴이 더는 보고 싶지 않았다. 우리 가족도 즐거운 마음으로 그를 대하기에는 어지간히 무리가 있다. 그렇다면 굳이 이런 겉치레를 계속할 필요도 없지 않은가.

"그래서 부르는 거 아니니……."

어머니가 나직이 말했다. 나는 그 말의 의미를 이해하기까지 조금 시간이 걸렸다.

"십 년도 안 돼서 잊어버리면 곤란하지. 그 애 때문에 우리 준페이가 죽은 거니까……."

"딱히 요시오 군이……"라고 말하려던 나를 저지하고 어머니는 말을 이어 갔다.

"똑같아. 부모한테는 똑같아. 미워할 상대가 없는 만큼 이쪽만 더 괴로울 뿐이지. 그 아이한테도 일 년에 한 번쯤은 괴로운 날이 있어도 그걸로 벌받지는 않을 거야……."

어머니는 아까부터 같은 리듬으로 뜨개바늘을 움직인다. 형광등에 비친 그 굵은 손가락이, 어머니와는 별개의 생물처럼 느껴져 어딘가 섬뜩하게 보였다.

"그러니까, 내년에도 내후년에도 불러야지……."

조금 전 현관 마루에서 무릎을 꿇어 가며 보여 준 미소를, 나는 완전히 거꾸로 받아들이고 있던 것이다. 그 사실을 깨닫고 소름이 끼쳤다.

"그런 생각으로 해마다 불렀단 말이에요?"

내 목소리가 조금 떨렸던 것 같다.

그 후 이어진 "너무하네⋯⋯"라는 한마디는 어머니에 대한 비난이라기보다는 한숨에 가까웠다.

"너무할 거 없어. 이 정도면 보통이지⋯⋯."

어머니의 말은 오히려 당신의 기분을 이해하지 못하는 나를 오히려 비난하는 것 같았다. 슬픔이 시간과 함께 발효되고 썩어서, 가족에게도 공감받기 어려울 정도로 변질되었음을 본인은 알지 못하는 것이다.

"뭐야, 다들 보통, 보통거리고⋯⋯."

"너도 부모가 되면 알 거다."

"나도 부몹니다."

나는 조금 정색하며 말했다.

"진짜 부모 말야."

그렇게 말한 어머니의 뒷모습에서 누구도 가까이하지 못할 굳은 의지가 느껴졌다. 여기서도 나는 미숙한 아이 취급을 받을 뿐이다.

"뭐야, 그게⋯⋯."

나는 담배 연기를 환풍기 쪽으로 뿜었다. 그때 목욕탕 문이 열리는 소리가 들려왔다.

"얘, 아버지 나왔으니까 어서 들어가렴."

그렇게 말하며 내 쪽을 돌아봤을 때, 어머니는 이미 이전의 어머니로 돌아와 있었다. "으응."이라며 나는 도리 없이 대꾸했다. 어떻게 그런 심한 말을 하고 곧바로 목욕 이야기를 꺼낼 수 있는 걸까. 이머니의 감정이 뒤틀렸다는 사실보다, 오히려 어둠이 깊음을 보여 주는 것 같았다.

"맞다, 왕자님도 같이 들어가라."

"왕자님?"

아쓰시를 뜻한다는 것은 바로 알았다.

"얘, 그러렴. 욕실도 넓은데."

어머니는 자리에서 일어나더니 "유카리 씨!"라고 복도에 대고 큰 소리로 불렀다.

"네."라고 곧이어 유카리의 목소리가 들려왔다.

"우린 원래 따로따로 씻는데……."

나는 조금 불안해져서 머리를 긁적였다. 어릴 때부터 같이 해 왔더라면 모를까, 열 살을 넘겨서 처음으로 같이 목욕탕에 들어가는 것은 피차 조금은 어색하다. 대중탕 같은 곳이라면 아무래도 부담이 덜 테지만, 집 안 욕실은 도망갈 곳이 없다.

"정말이지, 이런 날 정도는 아들 좀 먼저 목욕하게 해도 좋으련만. 온종일 시간만 죽치고 있으면서 매일같이 목욕할 필요는 없잖아. 물이 아깝다면 저러지 않지……."

의자에서 일어선 어머니는 찬장에서 컵을 꺼내고 서랍을 열어 아버지가 먹을 약을 꺼내면서 그의 흉을 본다.

그때 "무슨 일인가요, 어머니?"라며 유카리가 찾아왔다.

"아쓰시 군, 목욕시키려무나, 료타랑 같이."

내가 주저하고 있는 사이에 사태는 어머니의 페이스대로 이끌려 간다.

"네……."라고 답한 유카리는 분위기를 살피듯 내 얼굴을 보며 두 눈을 크게 떴다.

"원래는 따로따로 했잖아……."

나는 그 눈빛에 매달리듯 말했다.

"너 입을 잠옷은 나중에 꺼내다 줄게."

어머니는 손등으로 내 옆구리를 툭 치고는, 다다미방으로 향했다.

"괜찮아, 오늘 티셔츠 가져왔어."

"입으려무나. 이왕 사 온 건데."

어머니는 다다미방의 서랍장을 열어서 이미 준비를 시작했다.

"어디서?"

내 물음에는 답하지 않고, 어머니는 짧게 웃었다. 나는 조금 걱정이 돼서, 어머니 뒤를 쫓아 다다미방으로 갔다.

"어차피 역 앞 바자르에서 샀겠지. 봐 봐."

내가 자취할 때도, 가끔 집에 돌아오면 파스텔색 츄리닝이나 아저씨들이나 입을 법한 다이아몬드 무늬가 들어간 카디건 같은 것들이 준비되어 있곤 했다. 그것들은 어머니가 보기에 기능성은 있어 보였는지는 모르지만, 일부러인가 싶을 정도로 패션 센스는 없었다. 어머니는 그런 물건 대부분을 역 앞에 있는 바자르라는 마트 2층 의류 코너에서 해결해 버리는 것이다. 적어도 요코하마까지만이라도 나가서 사 주면 좋으련만.

"보여 줄게, 보여 줘야지……."

내가 불안해하는 것을 어머니는 재미있어한다.

"어떤 거야?"라고 서랍장을 들여다보는 나에게

"이 색깔 좋아하지?"

라고 말하며 어머니가 꺼내서 보여 준 것은 하늘색이 선명한 타월 면으로 된 파자마였다.

나도 모르게 뒷걸음질 치며, 으악 하고 질겁했다.

놀라는 소리를 듣고서 어머니는

"그래도 땀 흡수는 잘돼, 이거."

라며, 파자마의 가슴 부위를 손바닥으로 어루만진다. 나는 어머니에게 상처 주지 않으면서 어떻게든 이것을 입지 않을 방법이 없을까 하며, 부엌에서 기다리는 유카리를 봤다. 우리 모습을 다정하게 바라보던 유카리는 툇마루에 시선을 돌려

"아쓰시, 목욕할까?"

라고 웃음 지으며 물었다.

"욕조도 좁은데, 둘이서 들어갈 수 있으려나……."

유카리의 뒷모습을 내려다보며 나는 중얼거렸다. 그녀는 다다미 바닥에 앉은 채로, 가져온 가방에서 갈아입을 파자마를 찾는다. 나는 누나 방 문지방에 선 채로, 아직 함께 목욕할 마음의 준비를 하지 못하고 있다. "자."라고 말하면서 유카리는 돌아보지도 않은 채 옷을 다다미 바닥 위로 밀어놓는다. 숙여서 그것을 집어 든 나는 하는 수 없이 방을 나왔다. 아쓰시는 먼저 욕실에 가 있을 것이다. 넘겨 받은 옷을 확인하니 아쓰시 것밖에 없다. 나는 방으로 돌아왔다.

"어? 내 티셔츠는?"

"왜, 어머님이 사다 주신 파자마 있잖아."

유카리는 등을 돌린 채로 움직이지 않는다. 가방 안에서 꺼낸 수건과 화장 도구 따위를 정리하고 있을 뿐이다.

"괜찮아, 굳이 입지 않아도……."

오히려 적극적으로 안 입고 싶다.

"입어요. 아들 위해서 일부러 사신 건데."

유카리의 말 어딘가에 가시가 박혔다.

"뭐야? 화났어?"

유카리는 등을 돌린 채로 움직이지 않는다. 아들에 대한 어머니의 애정에 부인이 질투하는 따위의 이야기는 텔레비전 와이드쇼 프로 같은 데서 종종 본 적이 있지만, 설마 자신을 두고 이런 일이 일어날 줄은 생각도 못 했다. 언제나 이성적인 데다 어딘가 세속과는 떨어져 있는 듯한 유카리가, 이렇게 여느 사람과 같은 반응을 보이는 데 나는 반은 놀라우면서 조금 반가웠다.

"항상 집에 올 때마다 저런 식이야. 아직 자식한테 뭐라도 해 주고 싶은 것뿐이지."

나는 가까이 다가가 유카리의 어깨를 손으로 짚으려 했다.

"그런 거 아니야."

유카리의 말에는 분명히 노기가 서려 있다.

그 기세에 눌려서 나는 멈춰 섰다.

"그럼 뭐야?"

"이왕 파자마 사는 거라면 아쓰시 것도 같이 사 주심 좀 좋아……."

셔츠를 개면서 유카리가 말했다.

"오늘도 계속 아쓰시한테만 군이라고 붙여 부르시고……."

하긴 어머니는 무쓰나 사쓰키는 편하게 이름으로 불렀지만, 아쓰시만은 아쓰시 군이라고 불렀다. 하지만 그것은 아직 몇 번 만나지 못했기 때문에 조심하느라 그런 것 아닌가.

"괜한 생각이야. 거기까지 신경 쓰지 못했을 뿐일걸?"

유카리는 납득하지 못하는 것 같다.

"그래도 칫솔은 있더라…… 세 개."

나는 탈의실을 가리켰다.

'그런가, 어머니라는 존재의 마음속 나침반은 이런 식으로 흔들리는 건가.'라고, 솔직히 나는 새로 알았다. 그리고 그녀가 화를 낸 것이 나 때문이 아니라 아쓰시 때문이었다는 데 조금 서운해졌다.

"주라…… 티셔츠."

나는 다시 한 번 말했다.

이럴 때 유카리는 완고하다.

"응……?"이라고 애원하듯 말해봤지만, 무리임은 내가 제일 잘 안다.

그때 "유카리 씨."라고 다다미방에서 다시 어머니의 목소리가 들려온다. 이번에 오면 당신의 기모노를 주시겠다고 했던 터라 분명 그 때문일 것이다.

유카리는 몸을 돌려 "네에."라고 대답하고 가방 지퍼를 닫은 뒤 일어섰다.

얼굴도 마주치지 않은 채 내 옆을 지나가, 종종걸음으로 다다미방으로 향했다. 나는 눈앞에 놓인 가방 안에서 내 티셔츠를 꺼낼까 어쩔까 고민하다가 그만뒀다.

욕실 문을 열자, 아쓰시가 옷을 벗고 있다. 가볍게 눈짓을 보내고 나는 거울에 비친 머리 모양을 아무 의미 없이 매만졌다.

바지를 벗은 아쓰시가 욕탕 입구에 놓인 체중계 위로 올라섰다.

"몇 킬로?"

나는 거울에 비친 아쓰시를 향해 물었다.

"비밀."

이라며 욕탕 문을 열었다.

"잠깐, 이거 가져가."

150

나는 좀 전에 유카리에게 받은 수건을 건넸다. 세면대 옆에는 아버지가 사용한 수건이 둘둘 말린 채로 놓여 있다.

"펴서 널지 않으면 냄새 난다고요."

언제나 어머니에게 잔소리를 들으면서 아직도 고쳐지지 않았다. 나는 양말을 벗고, 아쓰시와 똑같이 체중계 위에 올랐다. 어머니가 주는 대로 점심 저녁 잔뜩 먹은 터라, 조금 찐 것 같다. 흔들리는 바늘이 멈추기를 지켜보는데 갑자기 문이 열리며 아버지가 들어왔다. 나는 놀라서 체중계에서 내려왔다. 아버지도 내가 아직 그곳에 있다는 것에 놀란 듯했다. 다만 그런 것은 내색하지 않으면서, 까먹었던 수건을 세면대에 짜 낸다. 나도 그런 아버지를 무시하고, 등을 돌린 채로 옷을 벗기 시작했다.

"일이 잘 안되냐?"

갑자기 아버지가 말했다. 나는 일부러 얼굴을 외면했다. 실업 중이라는 것을 들킬 만한 짓은 오늘 하루 없었다. 가끔 전화가 왔을 때도 일 얘기밖에 하지 않았기 때문에, 분명 다른 할 말이 없었던 것뿐이리라.

"뭐 별로."

나는 최대한 냉정을 가장하고 말했다.

그러고서 "왜요?"라고 되물었다.

"아니다, 그러면 됐다……."

아버지는 그렇게만 말하고 역시나 입을 다물어 버렸다.

"걱정할 필요 없어요. 이제 옛날하고는 다르니까."

서른 살을 넘길 때까지 번듯한 직장도 없이 제멋대로 살면서, 금전적으로 꽤나 민폐를 끼쳤던 것은 분명한 사실이다. 하지만 언제까지고 그렇게 못 미더운 이미지로만 비치는 것은 불쾌한 노릇이다.

아버지는 아무 말 없이 수건을 들고 욕실을 나갔다. 그러더니 바로 다시 문 앞으로 돌아왔다.

"너 말이다……."

아버지의 부름에 나는 바지를 벗던 손을 멈추고 돌아봤다.

"가끔은 전화해서, 엄마한테 목소리라도 들려줘라."

아버지가 이런 말을 하는 것은 드물었다. 나는 무슨 얘기인가 싶어 얼굴을 바라봤다. 아버지의 눈에는, 평소의 위엄과는 다르게 어딘가 모를 망설임과 걱정하는 기운이 깃들어 있었다.

"전화하면 하소연만 끝도 없이 듣는단 말야……."

"할 얘기가 있으니 전화해 주렴."이라는 부재중 메시지가 들어와 있어서 걱정하여 전화를 걸면, 이웃집 악담이나 옛날 얘기 같은 걸 삼십 분이나 들어야만 하는 게 견디기 쉬운 일은 아니었다.

"그 정도는 참고 들어 줄 수 있잖아."

아버지는 역정을 내며 말했다. 아버지의 이기적인 말에 나 역시 욱했다.

"그건 내가 할 일이 아니지."

아픈 곳을 찔렸는지, 아버지는 입을 다물었다.

"부탁이니까 둘이서 어떻게든 해결해 주세요. 나 좀 중간에 끼워 넣지 말고……."

나는 솔직한 기분을 말했다. 아들이라고 해서 부모 사이에 해결해야 할 문제에 끼어들 정도로 오지랖이 넓은 것도 아니고, 한가하지도 않다. 내 인생 살기도 벅차다. 아버지는 이해를 했는지 아무 말 없이 돌아가려고 했다.

"아무래도 상관은 없는데……."

돌아가려는 아버지 뒤에 대고 이번에는 내가 말을 꺼냈다. 아버지가 다시 돌아보았다.

"옥수수 얘기. 그거 말한 사람은 형이 아니라 나였어요."

나는 낮에 있었던 이야기를 다시 끄집어냈다.

"그랬냐?"

아버지의 의아해하는 표정에 괜히 더 화가 치밀었다.

"그랬다고요."

나는 화내듯이 말했다.

"그런 사소한 일 따위 아무려면 어떠냐."

잠시 생각하던 아버지는 그렇게 내뱉었다.

분명 사소한 일임은 틀림이 없지만, 말한 당사자로서는 석연치 않은 것이 당연하다. 서로 기분이 상한 채로, 우리는 잠시 아무 말 없이 마주봤다.

"료 짱, 뜨거워서 못 들어가겠어."

그때 욕탕에서 아쓰시의 목소리가 들려왔다.

아까부터 수도꼭지를 틀었다가 욕조에서 물을 퍼냈다가 하는 것 같더니 잘되지 않는 모양이다.

"응, 지금 갈게."

나는 일부러 자상한 목소리로 답하고, 티셔츠를 벗기 시작했다. 이제 나가 달라는 의사 표시였다.

"이제 와서 그게 누구면 뭐 어때요……."

내뱉듯이 나도 대답했다.

아버지는 문을 거세게 닫고는 저벅저벅 무거운 소리를 내며 이제야말로 복도로 돌아가 버렸다.

아쓰시와 나는 함께 나란히 탕에 들어앉았다. 우리는 어떻게 해도 서로의 어깨가 맞닿았다. 할 만한 이야기는 없었다. 나는 천장을 보거나, 창을 열었다 닫았다, 수건으로 얼굴을 닦으면서 가만히 있질 못했다. 오히려 아쓰시는 아까부터 계속 자신의 손바닥을 들여다보며, 손가락으로 문지르고 있다.

"가시에라도 찔렸어?"

나는 걱정이 되어 손을 들여다봤다.

"이렇게 해서 점에 닿으면 부자가 된대……."

그러고 보니 아쓰시의 오른 손바닥 엄지손가락이 시작하는 부분에 작은 점이 있다. 손가락을 굽히면 중지와 약지 끝이 간신히 그 점에 닿았다.

"할머니가 그래?"

내가 물었다.

"응."이라고 아쓰시는 끄덕였다.

"이거 봐, 여기."

나도 아쓰시에게 내 오른손에 있는 점을 보여 주었다.

"나도 말야, 할머니가 가르쳐 줘서, 맨날 이렇게 억지로 만졌어."

아쓰시가 슬쩍 내 손을 봤다.

"그다지 효과는 없었지만 말야."

우리는 나란히 앉아서 서로 자신의 손바닥과 눈싸움을 벌였다.

"료 짱은 왜 의사 선생님이 되고 싶었어?"

문득 아쓰시가 물었다. 분명 누나가 낮에 읽은 내 작문을 기억하는 것이다.

"옛날얘기야……."

나는 조금 쑥스러워 얼버무렸다.

아쓰시는 여전히 제 손바닥을 바라보고 있다.

그렇다. 분명 아쓰시와 같은 나이 때, 나도 아버지와 함께 이 욕조에 몸을 담그고, 아버지에게 왜 의사가 되고 싶었는지, 물었던 적이 있는 것 같다. 나의 작고 여린 어깨에 닿은 아버지의 어깨는 크고 단단했다. 나는 그런 아버지를 동경했다. 그래서 아버지와 함께 있는 시간이 별로 없어 외로웠다. 그래서 의사가 되면 언제나 아버지와 함께 있을 수 있겠다고 나는 생각했던 것이다. 지금 그것만큼은 분명하게 생각났다.

"아주 옛날얘기야……."

나는 한숨과 함께 다시 한 번 말했다.

욕실을 나온 아쓰시가 젖은 채로 체중계에 올라섰다. 앞머리에서 물방울이 똑똑 떨어진다.

"자, 머리 말리지 않으면 감기 걸려."

나는 아쓰시의 머리에 목욕 수건을 뒤집어씌워 북북 문질렀다. 수건이 아쓰시의 상체를 푹 덮었다. 수건으로 만져지는 그의 어깨와 등은 여리고, 힘을 주어 쥐면 부서질 것만 같았다.

나는 아쓰시의 머리를 통통 가볍게 쳐 주고 물러섰다.

어머니가 준비해 준 파자마는 타월 면으로 되어서 땀은 확실히 흡수할 것 같았지만, 마흔이 넘은 남자가 입기에는 아무래도 지나치게 귀엽다. 거울에 비춰 보니, 어떻게 봐도 얼빠진 도라에몽으로밖에는 보이지 않는다.

아쓰시도 그런 내 모습을 보며 웃음을 참고 있다.

"보통……이지?"

나는 일부러 아쓰시의 말버릇을 흉내 내 보았다.

글쎄……라는 듯 아쓰시가 크게 고개를 갸웃했다. "좀 그런가?"라고 말하고 나는 웃고 말았다. 웃다가 보니 아쓰시도 함께 웃고 있었다.

그때 거실 쪽에서 "아유, 아유."라는 놀람도 당황도 아닌 어머니의 목소리가 들려왔다. 무슨 일인가 싶어 우리 둘은 얼굴을 마주 보고, 다시 한 번 귀를 기울였다.

복도를 걸어간 끝에 내 눈에 보인 것은 비틀거리며 방 안을 휘젓고 다니는 어머니의 모습이었다. 무슨 일인지 나로서는 알 수 없었다.

"잘못 날아들어 왔나 봐요."

방 한쪽 구석에 걱정스러운 눈빛으로 서 있는 유카리가 나를 보고 말했다.

유카리의 시선을 따라가니, 그곳에는 낮에 묘지에서 봤던 것과 같은 노랑나비가 날고 있다. 어머니는 그 나비를 향해서 양손을 뻗은 채로 방 안을 왔다 갔다 한다. 나비는 어머니로부터 도망치려고 천장 구석으로 이리저리 날아다닌다.

"따라온 거야, 묘지에서부터……."

어딘가 애처로우면서도 기이하게 빛나는 어머니의 눈이 우리에게는 보이지 않는 무언가를 보는 건가 싶은 정도였다. 나는 한시라도 빨리 이 어색한 시간을 끝내고 싶어서, 툇마루로 가서 마당 쪽 창문을 열었다.

"열지 마. 준페이일지도 모르니까……."

어머니가 날카로운 어조로 말했다.

"엄마…… 좀……."

나는 기가 질려서 말문이 막혔다.

"준페이가……."

어머니는 그렇게 중얼거리면서 다시 나비를 쫓기 시작했다. 그 진지한 모습에 기가 눌려서, 열었던 창문을 나도 모르게 닫았다. 파자마로 갈아입은 아쓰시가 욕실에서 나와서, 그런 어머니의 모습을 복도에서 바라본다. 소란을 들은 아버지도 진찰실에서 나왔다.

갈팡질팡하는 어머니의 모습을 보고, 아버지는 걱정보다는 기분이 나빠졌다.

"빨리 밖으로 내보내."

아버지는 손에 들고 있던 신문으로 내 쪽을 향해 물리치듯이 휘저어 보였다. 나는 어떻게 해야 할지 모른 채, 창문 앞에 섰다. 눈앞으로 어머니가 나비를 따라서 지나간다.

"그만두지 못해, 꼴사납게."

아버지는 복도에 선 채로 차갑게 말했다.

"엄마, 진정해요……."

내가 불러도 어머니는 "그래도……"라면서 나비한테서 눈을 떼지 못한다. 방구석에서 맴돌던 나비는 어머니가 뻗은 손가락 끝을 슬쩍 스쳐 지나가더니 궤도를 바꿔, 거실에 매달려 있는 형광등 아래를 가로질렀다. 그 순간 날개의 노란 색이 선명하게 빛났다. 그리고 나비는 하늘하늘거리며 교자상 위를 날아서, 불단 앞에 놓인 형의 사진 액자 가장자리에, 날개를 쉬게 하려는 듯 천천히 앉았다. 나는 눈앞에서 기적을 보는 듯 기묘한 감정에 휩싸였다.

"거봐……역시 준페이잖아."

어머니가 작게 속삭였다. 정말 한순간이었지만, 이곳에 모여 있던 우리 다섯은 모두 어머니와 같은 감정을 느꼈을 것이다.

"설마, 그럴 리가……."

아버지는 그렇게 말했지만, 그 말끝은 힘없이 사라졌다.

"준페이야……."

어머니가 다시 나지막이 부르고는 한 발짝씩 불단에 다가간다. 나도 아버지도 어머니를 막으려는 것이 아닌, 무언가를 확인이라도 하려는 듯 나비에 접근했다. 나비는 호흡을 가다듬는 것처럼 노란색 날개를 천천히 위아래로 움직인다. 나는 천천히 나비를 향해 오른손을 뻗었다.

"가만히…… 가만……."

아버지가 조심스럽게 말한다. 양쪽 날개를 손가락 사이에 끼워도 나비는 얌전했다. 그저 들어 올리려고 할 때만 나의 움직임에 저항하려는 듯, 가느다란 다리로 사진 액자의 나무 틀을 의외로 강하게 붙잡을 뿐이었다. 천천히, 상처 입지 않도록 액자 틀에서 나비의 다리를 떼어 내어, 주변을 에워싸고 내 손을 들여다보는 모두에게 "자." 하고 나비를 보여 주었다.

"나비야, 그냥 나비……."

그래도 어머니는 아직 믿을 수 없다는 듯이, 내 손안을 가만히 들여다보며 움직이지 않는다.

"그러네, 그냥 나비네."

똑같이 굳어 있던 아버지는, 내 말에 제정신이 돌아온 듯 무리에서 떨어져나와 부엌으로 가 버렸다. 아버지와 엇갈려서 대신 들어온 아쓰시가 조심조심 손안을 들여다봤다.

"놓아줄게요."

어머니에게 말하고 나는 툇마루 쪽으로 나갔다. 그걸로 이 밤의 사건을 끝내고 싶었다. 내 뒤로 어머니와 아쓰시, 유카리가 따라왔다. 창문을 열고, 나비를 마당으로 놓아주었다.

집 안에서 그랬던 것처럼 나비는 잠시 하늘거리며 주저하는 듯했지만, 결국 어둠 속으로 모습을 감추었다.

"할머니 7주기 때도, 밤인데 나비가 날아와서······."

어머니는 이마에 손을 짚은 채로 눈을 감고 낮은 소리로 중얼거린다. 그 모습은 당장이라도 쓰러질 것처럼 위태로웠다.

"엄마도 목욕하지 그러세요?"

나는 일부러 밝은 목소리로 말했다.

천천히 눈을 뜬 어머니는, 처음으로 나의 얼굴을 정면으로 바라봤다.

"그래······ 그래야겠네."

어머니는 비척비척 걸으며 다다미방으로 들어갔다. 그곳에는 기모노가 몇 벌이나 방바닥에 펼쳐져 있다. 분명 아까까지 어느 걸 선물로 줄까 유카리와 둘이서 이야기하고 있었을 것이다. 어머니는 다다미 바닥에 털썩 주저앉고는, 그 기모노를 무릎 쪽으로 끌어당겨 개기 시작했다.

그때 현관에서 전화벨이 요란하게 울렸다. 아버지는 부엌 의자에 앉아서 신문을 펼친 채로 꼼짝도 않는다. 하는 수 없이 내가 수화기를 들었다. 전화를 건 사람은 맞은편 오카 씨 댁의 아들이었다. 어머니 상태가 좋지 않다고 한다. 올해로 여든 살이 된 오카 후사 씨는 아버지와 오랫동안 알고 지내면서, 몸 상태가 좋지 않을 때는 언제나 상담을 받으러 왔었다. 아버지가 진찰을 그만둔 지 벌써 삼 년이 지났지만, 그 집 어머니는 무슨 일이 있어도 요코야마 선생님께 진료를 받고 싶어 한다는 것이다.

"앞집 할머니 상태가 안 좋대요."

나는 수화기를 손으로 막은 채 부엌에 계신 아버지에게

말했다. 짧은 정적이 있은 후에, 아버지는 신문을 식탁 위에 놓고, 복도를 따라 이쪽으로 걸어왔다.

"저쪽으로 돌려 줘."

내 옆을 지나가면서 진찰실을 가리키고는 아버지는 삐걱 삐걱 소리를 내며 걸어갔다.

"이번에도 심장인가…… 디기탈리스는 드실 텐데……."

혼잣말 같은 중얼거림이 아무도 없는 어두운 현관을 채웠다.

나는 내선 전송 버튼을 누르고 수화기를 내려놓았다. 어머니는 이제야 갈아입을 옷을 들고 욕실로 향한 것 같다. 아쓰시는 툇마루에 선 채로 이제는 보이지 않는 나비를 아직도 찾고 있다. 유카리가 걱정스럽게 나를 바라봤다. 아무것도 아니라는 듯이 나는 작게 웃어 보였다.

상황을 살피려 대기실로 가 보니, 진찰실 안에서 아버지의 목소리가 들려왔다.

"그럼 구급차를 부르세요…… 난 이미…… 그리고 싶긴 한데…… 이젠 좀……."

아버지의 형상이 문 유리창 너머로 흐릿하게 보인다.

"미안해요, 도움이 되지 못해서……."

아버지는 마지막으로 그렇게 말하고 조용히 수화기를 내려놓았다.

따릉— 하는 소리가 대기실까지 울렸다.

아버지는 선 채로 한동안 움직이지 않았다. 나도 몸이 굳어서 잠시 대기실에 우두커니 서 있었다.

맞은편 집 앞에 구급차가 들어오자 주변에는 금세 사람들이 몰려들었다. 잠시 후 현관에서 후사 씨가 들것에 실려서 밖으로 나왔다. 팔짱을 끼고 멀찌감치서 그 모습을 보고 있던 아버지는, 구급차 옆으로 가서 그녀의 얼굴을 걱정스럽게 들여다봤다. 호흡이 어려운지 산소마스크를 쓰고 있어 표정은 잘 보이지 않는다.

"맥박은? 얼마나 되오?"

아버지가 구급 대원에게 물었다.

"죄송합니다, 위험하니 조금 물러나 주십시오."

대원은 아버지의 목소리를 듣지 못했는지, 무뚝뚝하게 말했다. 젊은 그 남자는 아버지가 의사라는 사실도 눈치채지 못한 것 같다. 그저 구경꾼 취급을 당한 아버지는 냉정을 잃고 말았다.

"아니 그게 아니고, 난 말이오…… 저기."

들것을 차에 싣느라 바쁘게 움직이는 대원을 향해서, 아버지는 자신의 집을 돌아보며 손가락으로 가리켰다. 그런 아버지의 몸짓과는 관계없이, 사태는 착착 진행되어 간다. 대원은 구급차 뒷문을 열고, 들것을 차 안으로 밀어 넣는다. 차 주변을 얼쩡거릴 뿐인 아버지의 뒷모습을, 나는 현관 앞에서 가만히 지켜보았다. 이렇게 애처로운 아버지를 보기는 처음이었다.

구급차는 아버지를 남겨 두고, 사이렌은 켜지 않은 채 출발했다. 아버지는 길가까지 나와 무언가 아쉬운 것처럼 떠나는 차를 바라보고 있다. 이로써 또 한 사람, 아버지를 '선생님'이라고 불러 주는 사람이 준 셈인가…… 하는 조금 감상적인 생각이 들었다. 구경꾼들은 삼삼오오 흩어졌다. 주택가를 벗어났는지, 잠시 후 사이렌이 들려왔다.

"이제 자야겠군……."

당신 혼자 남겨진 것을 깨달은 아버지는 누구에게랄 것도 없이 말하고는, 내가 있는 현관 앞으로 돌아왔다. 나는 뭔가 한마디 하고 싶어져서 아버지에게 한 걸음 다가갔다. 그것을 알아챈 아버지가 슬쩍 나를 보더니, 동정 따위는 필요 없다는 듯 시선을 돌리고 웃었다.

"그런 파자마 차림으로 밖에 나오지 좀 마, 꼴사납게……."

그렇게 핀잔을 한마디 내뱉고, 아버지는 총총히 집 안으로 들어가 버렸다. 사이렌이 아직 멀리서 들려온다. 샌들을 신은 발이 아스스하게 차가웠다.

집으로 들어온 나는 이번에는 욕실로 향했다. 세면대 문을 열고 거울 앞에 섰다. 그곳에서 양치질을 하는 척하면서 안의 상황을 살펴봤다. 욕탕 안은 소리 하나 없이 조용하다. "엄마, 괜찮아?"라고 말을 걸려던 찰나, 어머니의 목소리가 먼저 들려왔다.

"사위라는 양반은 타일 고쳐 준다더니…… 밥 먹고 잠만 자다 가 버렸네……."

어머니가 수도꼭지를 틀어서 틀니를 씻기 시작한 것 같다.

"그 사람은 맨날 그런 식이라니까…… 맨날 말만 요란하지……."

으레 그러했던 독설이 돌아왔음에 조금 안심이 되었다. 그런 어머니의 존재감을 유리창 너머로 느끼면서, 나는 어머니가 준비해 준 칫솔로 이를 닦기 시작했다.

이날 일어났던 사건이랄 수도 없는 작은 일들을 지금도 내가 선명하게 기억하는 것은, 분명 아버지와 어머니가 언제까지고 옛날 그대로일 수 없다는 당연한 사실을 처음으로 깨달았던 날이었기 때문이다. 부모의 늙어 가는 모습을 눈으로 직접 보면서도, 결국 나는 아무것도 하지 않았다. 우물쭈물대는 두 사람을 똑같이 우물쭈물거리며 멀리서 보고만 있을 뿐이었다. 다음 날에는 그런 사건이 있었다는 것조차 완전히 잊고, 언제나 그렇듯 두 사람의 존재를 성가시게 생각했다. 그리고 그분들과는 관계없는 나의 일상 속으로 이내 돌아와 버렸다. 부모가 늙어 가는 것은 어쩔 수가 없다. 죽는 것도 분명 어쩔 도리가 없으리라. 다만 전혀 관여하지 않았다는 것이 줄곧 목구멍에 걸린 가시처럼 느껴졌다.

　처음 어머니가 쓰러지고 나서 반년이 지났을 때, 어머니에게 두 번째 뇌출혈이 왔다. 치매가 진행 중이긴 했지만 한때는 침대에 앉아서 입으로 식사할 만큼 회복해서, 병원 측에서 먼저 재활이라는 단어를 꺼낼 정도까지 갔다. 얼굴을 닦아 주러 온 간호사에게 "아파."라든가 "자기, 참 못하네." 등 어머니다운 독설로 웃음을 자아내면서 병동에서도 꽤나 인기를 얻었다. 그랬던 까닭에, 소식을 들었을 때는 상당한 충격이었다. "어떻게 할까요? 이대로라면, 길어 봐야 사오 일 정도라고 생각됩니다만 수술하시겠습니까?" 주치의의 이야기에 나는 주저 없이 부탁드린다며 머리를 숙였다. 아직 돌아가시게 할 수는 없다. 좀 더 훌륭해진 아들의 모습을 보여 드리고 싶다. 나는 그렇게 생각했다. 어머니의 정신이 어느 정도까지 남을지 알 수 없지만, 그러면 한번 해 보겠다고 주치의는 미소까지

지어 주었다.

수술은 성공이었다. 말도 제대로 하지 못하고, 눈도 보이지 않는 것 같았지만, 귓가에 대고 말을 걸면 끄덕이기도 하고, 고개를 가로젓는 정도는 가능했다. 하지만 그로부터 반년 동안은 어머니가 한 발짝씩 죽음에 가까워지는 것을, 그야말로 우물쭈물하며 곁에서 봐야만 하는 나날이었다. 처음 입원했던 구급 병원에서 나와 옮긴 다음 병원에서는, 어머니가 인간으로서 취급받지 못했다. 의사나 간호사는 한 번도 어머니의 이름을 부르는 일이 없었고, 말을 걸지도 않았다. 어머니가 웃거나 말하는 걸 본 적이 없었으니까 어쩔 수 없다고 쳐도, 병문안을 가서 물건처럼 취급받는 어머니를 바라보자니 괴로웠다. 그래도 나는 절반은 오기로 병원에 다녔다. 그것은 아버지의 충고를 무시하여 저지른 잘못을 어떻게든 만회하고 싶은 기분과, 잘못을 저지른 자신에 대한 벌이었다고도 생각한다.

병원을 옮기고 나서 얼마 후 어머니는 스스로 호흡을 할 수 없게 되었다. 이미 기적은 일어나지 않으리라는 것을 가족 누구라도 확실하게 알 수 있었다. 그래도 나는 포기할 수 없었다.

"인공호흡기를 씌워 주세요."

내가 말했다.

"정말 그러셔야겠어요?"

의사가 놀라서 나를 바라봤다.

"이미 해 보실 만큼 해 보셨다고 생각합니다."

나도 놀라서 의사를 봤다. 의사는 정말이지 귀찮은 표정을 짓고 있었다. 일단 호흡기를 씌우면 그다음엔 쉽게 뗄 수 없게 된다. 어머니처럼 몇 가지나 되는 약을 필요로 하는 환자를 병원에서는 될 수 있는 한 데리고 있지 않으려고 한다. 하나의 침대에 청구할 수 있는 진료 수가 제도는 정해져 있기 때문이다. 고로 최대한 돈이 많이 들지 않는 환자를 받는 것이 병원으로서는 이익이 되는 셈이다.

"은행에서 말하는 불량 채권 같은 거지. 병원에 있는 만큼 적자인 거야."

의사인 지인이 가르쳐 줬다. 그래도 나는 가족의 희망을 버릴 수 없었다. 얼마 후 나는 이번에는 수간호사의 부름을 받았다. 간호사실에서 나는 지금껏 거의 이야기해 본 적도 없는 쉰이 넘은 수간호사와 마주 보고 앉았다. 끝까지 인공호흡기를 요구한 나를 타이르듯이 그녀가 말했다.

"이 이상의 연명은 어머님도 바라지 않으실 거예요."

그녀는 어떻게든 나를 설득하려고 했다.

"그것은 가족분들의 집착인 것 같습니다."

그 말을 들은 나는 눈앞에 앉은 여자의 얼굴을 있는 힘껏 내려치고 싶은 충동에 사로잡혔다. '당신이 뭘 알아.' 나는 주먹을 움켜쥔 채로 마음속으로 소리쳤다. '우리 어머니 이름을 알기나 하느냐! 한 번이라도 머리맡에서 말 걸어 본 적도 없는 주제에 어떻게 어머니가 연명하기를 바라지 않을 거라고 단언할 수 있느냐 말이다! 바로 어제도 내가 귓가에 대고 할 수 있겠냐고 물었을 때 어머니는 두 번, 세 번 크게 고개를 끄덕였다. 아프지 않냐고 물었을 때도 고개를 끄덕였단 말이다. 그런 걸 당신은 알지도 못할 테지. 알려고도 하지 않았잖아.' 그렇게 쏘아붙이려고 했지만, 결국 나는 말하지 못했다.

"부탁드립니다."

그 한마디만 말하고 깊숙이 고개를 숙였다. 괜히 험한 소리를 잘못했다가는 어머니가 지금보다 차갑게, 지금보다 물건처럼 취급당하지는 않을까 하는 불안이 엄습했기 때문이다. 그리고 또 한 가지 이유는, 그녀가 말한 집착이라는 단어를 나도 부정할 수 없었기 때문이다. 아직 돌아가시게 해서는 안 된다는 것은, 분명 나의 집착 말고는 그 무엇 때문도 아니었다.

그런 나의 집착에 이끌려서 어머니는 그 후로 석 달을 더 사셨다. 그 석 달 새 유카리가 아기를 낳았다. 여자아이였다. 내가 아버지가 된 것을 아마도 어머니는 알지 못했으리라 생각한다. 아기를 안아 주시는 것도 물론 가능한 상태가 아니었다. 그래서 그 석 달이 어머니에게 그리고 나에게 어떤 의미가 있었는지 지금도 모르겠다. 그 의사나 간호사가 말했던 것처럼, 단지 고통을 조금 연장한 데 불과했는지도 모른다.

요즘 자주 드는 생각은, 아버지가 살아 계셨더라면 어떻게 하셨을까 하는 것이다. 아버지는 의사로서 어떤 판단을 내리셨을까. 남편으로서는 어떤 감정을 느꼈을까. 그리고 형이 살아 있었더라면 어땠을까. 이들 역시 나의 판단을 비난했을까. 답을 얻을 수 없는 질문을 지금도 가끔씩 한다.

정신을 차리고 보니 나는 2층 내 방에 있었다. 긴 하루가 끝나고 혼자 남고 싶었는가 보다. 나는 파자마를 입은 채로 책상 앞에 앉았다. 이제는 작아져 버린 회전식 의자가 삐그덕삐그덕 소리를 낸다. 책상 위에는 낮에 내가 던져 둔 작문이 둘둘 말린 채로 그 자리에 있었다. 그것을 집어 펴 보았다. 무리하게 잡아당긴 탓에 왼쪽 위 모서리가 조금 찢어졌다. 아마도 수박 물인듯, 불그스름한 얼룩도 군데군데 묻어 있다. 작문 윗부분에는 그림이 그려져 있다. 그것은 하얀 가운을 입고 가죽 가방을 든 아버지와 형 그리고 청진기를 목에 걸고 입을 크게 벌린 채 웃는 초등학생인 나였다. 목젖까지 보이게 웃는 얼굴이 정말로 즐거워 보였다. 나는 서랍을 열어 안을 뒤졌다. 낡은 샤프펜슬과 키홀더가 나왔고, 더 안쪽에서 스카치테이프를 찾아냈다. 그럭저럭 쓸 수 있을 것 같았다. 나는 작문지를 뒤집어서 찢어진 부분에 조심스럽게 테이프를 붙였다. 이것이 이날 내가 한 유일한 복원 행위였다. 이것 말고는 한 게 없었다.

나는 조용히 계단을 내려왔다. 현관 옆 누나 방에서 유카리와 아쓰시가 장난치며 웃는 소리가 들려온다. 행복한 웃음소리다. 나는 곧바로 그리로 향하지 않고, 불이 꺼진 부엌으로 들어갔다. 복도 끝의 다다미방에서는 말소리가 들리지 않았다. 이미 두 분 모두 잠자리에 들었나 보다. 식기 선반에서 컵을 꺼내 물을 한 잔 마셨다. 식탁 위에 백일홍이 어두운 가운데서 분홍빛을 뿜는다.

옛날에 아직 이곳에 이사 온 지 얼마 되지 않았을 무렵, 나는 형과 누나를 따라서 탐험에 나선 적이 있다. 근처 공원이나 학교 위치를 알아 두거나, 개집을 구경하는 등 탐험은 끝날 줄 모르고 이어졌다. 중학교 뒤편에는 커다란 저택이 있었는데 그 집 문 옆으로 백일홍 가지가 늘어뜨려져 긴 위로 꽃이 드리워져 있었다.

"아빠가 마당에 심은 거랑 똑같은 거다."

형이 말했다.

"내년에는 꽃이 필까."

누나가 말했다.

"바보. 꽃이 그렇게 빨리 피는 줄 알아?"

형은 꽃이 필 때까지 십 년은 걸릴 거라고 말했다. 형이 꽃을 만지더니 냄새를 맡는다. 누나도 까치발로 손을 뻗어 손끝으로 꽃을 만졌다. 나도 까치발을 해서 가지를 향해 손을 뻗었지만, 닿지 않았다.

"자."

형이 가지를 붙잡아 아래로 내려 주었다.

"됐어."

아이 취급 받는 게 싫어서 나는 거절했다.

그리고 도움닫기를 해서 있는 힘껏 꽃을 향해 뛰어올랐다. 나는 손에 꽃이 닿은 분명한 느낌을 가지고 지면에 착지했다. 정신을 차리고 보니 백일홍 가지를 손에 꼭 쥐고 있었다.

"난 모른다!"

"혼날지도 몰라!"

형과 누나가 입을 모아 말하더니 달려갔다. 그 저택에서 사람이 나올 것 같은 불안에 휩싸여서, 나도 두 사람 뒤를 필사적으로 따라갔다. 집에 다다랐을 때는 이미 주변이 어두웠다.

"그런 건 버려!"

현관 앞에서 형이 말했지만 나는 고개를 흔들었다. 증거를 버렸다가 누군가가 찾아내는 것이 무섭기도 했지만, 그 백일홍이 너무나도 선명하고 예뻐서 버릴 수가 없었다. 나는 내심 두근거리며 손에 꼭 쥔 분홍색 꽃을 부엌에 계신 어머니에게 내밀었다.

"꺾어 온 건 아니지?"

"예쁘네."라고 말한 뒤에 어머니는 나의 얼굴을 쳐다보며 물었다. 형도 누나도 시치미를 떼고 냉장고에서 보리차를 꺼내 마신다.

"주웠어."

나는 어머니의 얼굴을 외면한 채 말하고는 형과 누나 사이에 끼어들었다.

다음 날 아침 백일홍은 불단 앞에 놓여 있었다. 한동안 나는 그 백일홍을 볼 때마다 왠지 부처님께 벌받는 기분이 들어서 조마조마했다.

그로부터 삼십 년이 흘렀다. 지금 눈앞에 보이는 백일홍도 그때와 똑같이 선명한 빛깔이 아름답다. 그 아름다움만이 삼십 년 전과 달라지지 않았다. 그 외의 것은 이미 대부분 흔적도 없이 변해 버렸다.

다음 날 아침 나는 아쓰시와 아버지 셋이서 해변으로 나갔다. 유카리에게도 물었지만 어머니와 함께 아침 식사 뒷정리를 해야 한다고 돌려 말하며 거절했다. 그녀는 은근히 장난스럽게 생긋 웃으며

"다녀와요."

라고 아이 타이르듯 내 눈을 보며 말했다.

현관에서 구두를 신고 있을 때, 어머니가 부엌에서 고개를 내밀었다.

"바다에는 들어가지 마."

아쓰시는 문 옆에 선 채로 "네."라고 명랑하게 대답했다.

밖으로 나오자 어제 구급차가 서 있던 자리에 아버지가 우두 커니 서 있다. 맞은편 집 현관 앞에 피어 있는 해바라기를 바라보고 있다.

"바다 가요!"

달려 나온 아쓰시가 아버지 옆에 서서 올려다본다. 할머니와의 약속을 지킬 생각은 전혀 없는 것 같다.

"그래, 가자, 가자."

아버지는 돌연히 현실로 이끌려 돌아온 듯 아쓰시의 얼굴을 바라보더니, 지긋이 웃고는 걷기 시작했다.

달리다 멈추고, 돌아본다. 그런 아쓰시를 향해서 나는 손을 흔들거나 웃어 보이지는 못했다. 그래도 즐거운 기분이 들 정도로 발걸음은 가벼웠고, 하늘을 올려다보거나 공기를 깊이 들이마시기도 하면서 걸었다.

셋은 조금씩 앞서거니 뒤서거니 하면서, 터널 숲으로 만들어진 계단에 접어들었다. 아쓰시는 두 계단씩 뛰어내렸다가 멈추고, 길가 나뭇잎을 뒤집어 보거나 도랑에 떨어진 돌멩이를 막대기로 찔러 보며 우리를 기다렸다. 가파른 내리막이 이어지는 곳에서 아버지의 걸음이 급격히 느려진 것을 알 수 있었다. 귀를 기울이니 거친 숨소리가 들린다. 나는 신경 쓰는 티가 나지 않도록, 햇빛을 올려다보는 척하면서 아버지를 돌아봤다. 아버지는 하늘을 올려다볼 여유 따위 전혀 없이, 이마에는 희미하게 땀까지 흘려 가며 온 힘을 다해 발을 옮길 뿐이다.

나는 멈춰 서서 재빨리 호주머니에서 휴대 전화를 꺼냈다. 전화라도 온 것처럼 옆으로 비켜서며 부재중 통화를 확인했다. 그사이에 아버지가 천천히 나를 따라잡았다. 아버지는 아쓰시에게 뒤처질 수는 없다는 듯, 그러면서도 필사적이라는 것은 들키지 않으려 했다. 그것이 괜히 더 안쓰러웠다. 나는 가만히 휴대 전화를 호주머니에 넣고 아버지의 등을 보면서 결코 따라 잡지는 않을 정도로 걷기 시작했다.

휴일 아침이라고 하지만 찻길에는 이미 정체가 시작되고 있었다. 하긴 바다에 들어가는 것은 오늘이 마지막 기회일지도 모른다.

몇 대나 줄지어 달려가는 대형 트럭을 보내고 나자, 넓은 국도 저편으로 잿빛 바다가 펼쳐졌다. 바다는 거칠어 보였다.

우리가 도착했음을 확인한 아쓰시는 돌아서서 육교를 오르기 시작했다.

아버지는 조금 주저하는 듯하다. 저 끝에 보이는 바다는 형이 빠져 죽은 곳이기 때문이다. 그래도 아쓰시에게 이끌리듯이, 아버지도 계단을 오르기 시작했다. 모래사장까지 내려간 아쓰시는 다시 한 번 우리를 돌아보고는, 단숨에 파도가 밀려오는 곳까지 달려갔다.

"넘어지겠다!"

내가 뒤에 대고 말했다.

"괜찮아!"

아쓰시는 바다를 향해 달려가면서 대답했다.

이런 모양이 왠지 모르게 부모라도 된 것 같은 기분이 들어서, 나는 혼자 괜히 쑥스러워했다.

파도는 생각했던 대로 높았다. 이곳은 수영 금지 구역이라서, 낚시꾼들만 몇 명 있을 뿐 여름에도 거의 사람이 오지 않는다. 하늘에 구름이 빠른 속도로 산을 향해 흘러간다. 아버지는 지팡이를 양손으로 짚고 바다를 향해 우뚝 버티고 섰다.

나는 그 뒤로 천천히 다가가, 아버지 옆에 쭈그리고 앉아 나란히 바다를 바라보았다. 뭔가 말을 해야 할 것 같았지만 마땅히 할 말을 찾지 못했다. 다리 상태에 대해서 묻는 것은 아버지의 비위를 건드릴 염려가 있다. 그렇게 되면 오히려 돌아가는 길이 피곤해진다.

"요즘 베이 스타스는 어떤가요……."

고민 끝에, 평소와는 거꾸로 내가 먼저 야구 이야기를 꺼냈다. 이미 9월이라, 잘 생각해 보니 계절에도 맞지 않는 이야기였다.

"너도 참, 요즘엔 마리너스지."

아버지는 공 차는 흉내를 내며 빙긋 웃었다. 나도 모르게 자리에서 일어섰다.

"아버지가 축구를……?"

"요코하마 경기장에도 갔었다."

아버지가 자랑스럽게 말했다.

"허…… 누구랑?"

어머니와 갔을 리는 없다. 무쓰나 사쓰키와 갔다는 이야기를 누나한테 들었던 적도 없다.

"뭐, 누구랑 갔으면 어떠냐……."

아버지는 조금 쑥스러운 듯이 말하더니, 짐짓 엄한 표정을 지어 보였다. 그러나 오래가지 않은 걸로 보아 본심은 아니었을 것이다.

"같이 한번 갈까…… 꼬맹이도 같이."

아버지는 돌맹이를 주워서 파도를 향해 던지며 노는 아쓰시를 턱짓으로 가리켰다.

"그럴까요……."

생각지 못한 전개에 어리둥절하면서도 나는 맞장구를 쳤다.

"조만간 가죠……."

아버지의 얼굴은 보지 않은 채로 말했다. 아버지도 끝까지 나의 얼굴은 보지 않았다.

"배가 떠밀려 왔어!"

거친 파도와 바람이 불어오는 곳으로부터 갑자기 아쓰시가 외치는 소리가 들려온다. 돌아보니 아쓰시가 우리 둘을 바라보며 멀리 해변을 가리킨다. 그곳에는 어선인가 싶은 하얀 배가 모래사장 위까지 밀려와 뱃머리를 처들린 채, 크게 기울어 있었다. 밀려오는 파도가 갑판을 거세게 내려친다. 주변에는 로프를 든 어부들 몇 명이 좌초한 그 배를 둘러쌌지만 속수무책이었다. 아쓰시는 배가 있는 쪽으로 가 보고 싶어 했지만, 아버지는 이번에는 움직이지 않았다. 어쩌면 그날 형의 사고가 떠올랐는지도 모르겠다.

아버지와 함께한 산책은 그것이 마지막이었다. 이듬해에는 다리에 마비가 와서, 계단은 고사하고 그냥 걷다가도 발이 걸려 넘어질 정도였기 때문이다. 밖에 나가지 못하게 된 아버지는 갑자기 노쇠해지셨다. 남자란 그런 생물인지도 모른다. 목욕 후에 이불 위에서 당신 다리를 주무르는 모습을 우연히 한 번 본 적이 있다. 그렇게 근육질에 단단하고 두터웠던 아버지의 다리는 오른쪽 장딴지만 막대기처럼 가늘어져 있었다. 그 다리는 햇빛을 받지 못한 탓인지 창백하고, 피부에는 힘이 없어 주름이 늘어져 있었다. 왜인지 어린 시절 목욕탕에서 본 할아버지의 성기가 떠올라 나도 모르게 눈을 돌리고 말았다.

"치과에 꼭 가 보렴."

버스 정거장에 나란히 서면서 어머니는 또 같은 잔소리를 했다. 어제부터 두 번째다.

"응…… 뭐…… 시간 봐서."

나는 시간표를 한 번 더 확인했다. 점심 먹고 가라는 어머니의 권유를 간신히 뿌리치고 우리는 어떻게든 돌아가기로 했다. 아버지와 어머니는 섭섭한 듯이 버스 정거장까지 배웅을 나왔다.

"맨날 말로만 시간 나면 간대…… 충치 하나 생기면 그 옆의 것도 금방 못쓰게 된다니까."

어머니는 인상을 찌푸렸다.

"알았어."

이쯤에서 잔소리는 끝내고 싶어, 나는 일부러 크게 끄덕여 보였다.

"뺄 때 되면 이미 늦은 거라니까."

"네— 네— 알았어요, 알았어……."

어서 빨리 버스가 와 주지 않을까 조바심이 나서 나는 찻길 쪽으로 몸을 내밀며 커브길 너머로 내다봤다. 유카리가 옆에서 쿡 하고 웃었다. 어머니의 잔소리가 평소 자신이 아쓰시에게 하던 것과 똑같았기 때문인가 보다. 그녀의 손에는 어젯밤 어머니가 골라준 기모노와 오비[15]가 커다란 보자기에 싸여서 들려 있다. 아버지는 모두에게서 몇 발자국 물러난 거리에, 바다를 등지고 무표정하게 서 있다. 아쓰시는 유카리의 하얀 우산을 끌어안고 버스 정거장 선두에 섰다.

---

15   여성용 기모노의 허리 부분을 감싸는 띠.

"주말은 충분히 쉬어 줘야 해. 이젠 예전만큼 젊지도 않은데."

어머니의 이야기는 계속 이어진다.

"뭐야, 어제는 아직 젊어서 괜찮다면서?"

어머니의 도무지 멈출 줄 모르는 엉뚱한 소리에 나도 모르게 헛웃음을 뿜었다. 그때 드디어 버스가 멀리서 커브길을 돌아 모습을 드러내며 클랙슨을 울렸다.

"아아, 와 버렸네……."

어머니는 아쉬운 듯이 한숨을 지었다.

"그리고 뭐 해 둘 말이 더 없나……."

어머니는 잠시 생각을 하는가 싶더니 금세 그만뒀다. 그리고 두 손으로 아쓰시의 오른손을 붙잡고 위아래로 흔들었다.

"그럼, 또 놀러 오렴."

아쓰시는 작게 끄덕이고는 창피했는지 붙들렸던 손을 재빨리 뺐다. 유카리는 먼저 나서서 눈앞에 어머니가 내미는 손을 맞잡았다.

"다음에 무조림 만드는 법 가르쳐 주세요."

"그야 일도 아니지."

어머니가 방긋 웃었다. 아버지는 그런 어머니의 모습을 여전히 무표정하게 물끄러미 바라볼 뿐이다. 어머니는 당연하다는 듯이 내 앞에도 손을 내밀었다.

"됐어, 나는."

어머니의 손을 붙잡는 것은 역시나 창피했다.

"어서."

어머니는 재차 손을 내밀었다. 나는 손을 허리 뒤로 감췄다.

"뭐 하러 악수까지 하는데."

"뭐든 무슨 상관이니."

그때 마침 버스가 도착했다.

"안녕히 계세요."라고 공손히 인사를 올린 아쓰시가 제일 먼저 버스에 올라탔다. 유카리는 뒤를 돌아보며

"그럼, 아버님, 안녕히 계세요."

라고 인사를 한다.

"그럼 갈게요."

나는 어머니에게 웃으면서 말하고는, 마지막으로 버스에 올랐다. 아쓰시는 이미 할아버지와 할머니에 대해선 까맣게 잊은 것처럼, 승강구를 등진 채 노선도를 올려다본다. 나와 유카리는 일단 제일 뒷자리에 나란히 앉았다. 버스가 움직이기 시작한다. 우리는 뒷자리 창문으로 부모님께 손을 흔들어 보였다. 멀어져 가는 어머니는 한동안 버스 정거장에서 손을 흔들고 있었지만, 아버지는 금세 도로를 건너서 걸어가기 시작했다. 그 뒤를 어머니가 샌들을 신은 종종걸음으로 따라간다. 버스가 해안가를 따라 왼쪽으로 커브길을 돌 때, 두 분의 모습은 허망하게 사라졌다. 우리 둘은 동시에 앞을 향해 돌아앉았다. 유카리가 한숨을 내쉬는 것을 알 수 있었다.

똑부러지는 사람이긴 하지만, 익숙지 않은 며느리 노릇을 하느라 힘들었을 것이다.

"이걸로 이제 설날에는 안 와도 되겠지. 일 년에 한 번이면 충분하지……."

내가 유카리에게 말했다. 심적으로 피곤한 것은 나도 마찬가지였다.

"너무 대접받는 것도 좀 그렇고, 다음엔 당일치기로 할까 봐."

"그러니까 어제 말했잖아. 역시 저녁 먹기 전에 돌아가는 편이 좋을 거라고."

"너무 많이 먹어서 1킬로는 찐 것 같아."

유카리가 은근히 아양 부리듯 말했다. 아쓰시가 돌아와서 우리 둘 사이에 앉았다.

"일곱 정거장."

노선도를 보면서 세어 본 모양이다. 오늘은 아쓰시가 평소보다 어딘지 아이다워서 마음이 놓인다.

"앗……."

나도 모르게 소리를 냈다. 유카리가 무슨 일인가 나를 보며 두 눈을 동그랗게 뜬다.

"생각났다. 어제 말한 스모 선수……."

"아아 그 얘기……"라며 유카리가 싱겁게 대꾸했다.

"구로히메야마였어……."

그곳에는 이미 아버지도 어머니도 안 계시다는 것을 알면서 나도 모르게 뒤를 돌아봤다. 버스 뒤창으로 해안도로를 바라보며 한숨을 지었다.

"늘 이런 식이란 말이지. 꼭 한발 늦는단 말이야……."

운전수가 기어를 바꿨는지, 버스가 덜컹하면서 크게 한번 흔들리더니 속도를 올려 달리기 시작했다. 창밖으로 흐르는 바다는 방금 전까지 거칠었던 너울이 거짓말이었던 것처럼 평온하게 하늘을 비추어 푸르렀다.

구로히메야마 이야기는 그걸로 끝이었다. 나는 결국 아버지와 축구를 보러 가지 못했고, 어머니를 한 번도 차에 태워 드리지 못했다. '아, 그때 이랬더라면……'이라고 깨닫는 것은 언제나 그 기회를 완전히 놓치고 나서, 다시 되돌릴 수 없을 때였다.

인생은 언제나, 한발씩 늦다. 그것이 아버지와 그리고 어머니를 잃고 난 뒤에 얻은 솔직한 깨달음이다.

아버지의 죽음은 갑작스러웠기 때문에 나는 간병도 못 하고, 이야기도 제대로 못 했다. 솔직히 돌아가셨다는 것조차 실감하지 못해서, 아버지의 장례식 철야 때도 전혀 눈물이 나지 않았다. 밤이 되어 관 속을 들여다보니 아버지는 입을 벌리고 있었다. 그 모습은 코를 골면서 잘 때의 표정 그대로였다. 입을 벌린 채로 굳어져 버리면, 내일 조문객들의 문상을 받을 때 보기 흉하다. 어떻게 할지 어머니와 누나와 상의를 하고 나서, 어떻게든 입을 닫아 보기로 했다. 합장을 한 손처럼 끈으로 묶는 것도 불가능했다. 나는 고민 끝에 수건으로 감싼 두루마리 화장지를 턱 아래에 받쳐서, 더 이상 입이 열리지 않도록 해보았다. 내가 밤중에 몰래 확인해 보니, 어찌어찌 웃음을 사지 않을 정도는 되었다. 이제는 굳었는가 싶어 턱을 만져 보았다.

까슬까슬한 감촉이 손끝에 전해졌다. 수염이었다. 돌아가시고 나서 한번 깨끗하게 깎아드렸다. 사람이 죽으면 시간이 지나면서 피부가 수축하여 이런 경우가 생긴다고 어디선가 책에서 읽은 것이 생각났다.

먼 옛날 이때와 마찬가지로 아버지의 턱수염을 느꼈던 적이 있다. 거실 다다미 바닥에 책상다리로 앉은 아버지의 무릎을 깔고 앉아서, 텔레비전으로 야구 시합을 보고 있었다. 내 얼굴 바로 옆에 아버지의 턱이 있었다. 바로 그 덜 깎인 수염이 가끔씩 나의 볼에 닿으면 따끔하고 아팠다.

"아파."

내가 말하면 아버지는 일부러 턱을 내 볼에 문질렀다. 그때의 감촉이 되살아나서, 혼자 관 옆에 앉아서 울었다. 한번 울기 시작하자 눈물이 멈추지 않았다.

아버지와 어머니를 잃고서, 나는 더 이상 누군가의 아들도 아니게 되었다. 그 대신이라고 하기엔 그렇지만, 나에게는 새 딸이 태어났다. 솔직히 말하면 그랬다고 해서 아버지나 어머니에게 대한 이런저런 후회나 상실감이 메워지는 따위의 일은 없었다. 잃은 것은 잃은 채로 그대로다. 다만 아이가 둘이 되니 차가 필요해져서 면허를 따고 차도 사게 되었다. 이런저런 일들은 이렇게 모양새와 상대를 조금씩 바꿔 가면서 반복되는지도 모른다. 기쁘거나 슬프다는 식의 알기 쉬운 감정은 아니다. 알기 어려운 만큼, 인생 그 자체에 가까워진 듯한 기분이다.

딸은 웃는 얼굴이 어딘가 모르게 어머니를 닮았다. 고등학생이 된 아쓰시가 장래에 어떤 꿈을 품는지 나는 잘 모르겠지만, 아무튼 의사는 아닌 것 같다. 유카리는 여름이 되면 어머니에게서 받은 기모노를 서랍장에서 꺼내서는 입을지 말지 고민한다.

조금 있으면, 그래, 내년 어머니의 기일에는 우리 가족 넷이서 그 바다가 보이는 묘지에 가 보려고 한다.

그곳에서 어쩌면 나는

"오늘 더웠는데 기분 좋으시죠."

라고 말하며 묘비에 물을 뿌려 드릴지도 모르겠다.

돌아오는 길에 만난 나비를 가리키며

"저 노랑나비는 말야, 겨울이 돼서도 죽지 않았던 배추흰

나비가 이듬해에 노랗게 변해서 돌아온 거래……."

　손잡고 걷는 딸에게 이야기할지도 모른다.

　그렇게 어머니를 떠올리면서 웃기도 하고 울기도 할지도
모르겠다.

두 번의 필사와 한 번의 번역 그리고 출판

처음 시작은 글쓰기 연습용이었다. 고레에다 히로카즈 감독의 「걸어도 걸어도」와 같은 가족 드라마를, 언젠가 나도 만들겠다는 생각으로 그의 소설을 매일 열 페이지씩 베껴 썼다. 그 시작이 벌써 삼 년 전 일이다. 그때는 이렇게 실물 책으로 나오리라고는 상상도 하지 못했다. 단지 할 수만 있다면 그의 글쓰기 재능을 훔치고 싶었을 뿐이다. 그러나 그의 글은 훔쳐서 얻을 수 있는 재능이 아니라는 사실을 네 번째 필사를 마칠 즈음 깨달았다.

고레에다 히로카즈의 글은 작품 속에서 작가가 스스로도 묘사했듯이, 하나하나 모은 일화들이 퍼즐처럼 맞춰지고 부풀어 올라 하나의 큰 이야기를 뽑아낸다. 거기에 리얼리티가 깃든다. 그래서 그의 문장을 따로 떼서 읽으면 사소한 이야기일지라도 그것들이 서로 이어질 때 비로소 깨달음이 떠오르면서 때때로 송연해지기까지 한다. 이런 글은 누가 가르쳐 준다고 배워서 쓸 수 있는 글이 아니다.

번역이라는 겁 없는 도전을 하면서 느낀 가장 큰 고민은 그의 글이 지닌 리얼리티를 유지하는 것이었다. 별다른 미사여구도 없이, 하지만 방심하고 있다간 순식간에 날아와 꽂히는 비수 같은 문장을 한국 독자에게도 선사하고 싶었다. 조사선택에 따라, 단어 순서에 따라 달라지는 어감을 원작의 느낌과 맞추기 위해 몇 번이나 썼다 지웠다를 반복했는지 모른다. 그 결과물이 이 소설이다. 노력이 얼마만한 성과에 다다랐는지는 아직 잘 모르겠다.

처음으로 독자를 만나는 것이라 설레기도 하면서 걱정이 앞선다. 다만 이 소설을 읽고 감동을 받았다면 어디까지나 원작 덕분이며, 혹여 감상에 방해되는 부분이 있다면 전적으로 번역자의 능력 부족이라는 점을 두려운 마음으로 미리 말씀드린다.

부족한 번역을 믿고 맡겨 준 민음사 출판 관계자분들께 우선 감사드린다. 책이 나오기까지 도움주신 지인들께도 감사의 마음을 전한다. 끝으로 나온다 나온다 말만 하고 기다리게 해 드린, 이 책의 존재를 아는 모든 분들께 늦었지만 기쁜 마음으로 소식을 전한다.

2017년 9월

박명진

옮긴이
박명진

1980년 서울에서 태어났다. 공대 졸업 후 전자 회사 연구원으로 재직하다가 나이 서른에 영화를 공부하겠다며 일본으로 떠났다. 다큐멘터리 영화 「달리는 꿈의 상자, 모모」(2012)를 만든 것을 계기로 다큐멘터리 방송과 영화 제작 현장에서 활동했다. 극영화 각본을 쓰는 훈련의 일환으로 고레에다 히로카즈 감독의 저서를 필사한 것이 계기가 되어 소설 「걸어도 걸어도」와 「태풍이 지나가고」를 우리말로 옮겼다. 현재, 각본 「마이와 할머니」를 집필하고 있다.

걸어도 걸어도

1판 1쇄 펴냄 2017년 10월 10일
1판 8쇄 펴냄 2023년 12월 18일

지은이 고레에다 히로카즈
옮긴이 박명진
발행인 박근섭, 박상준
펴낸곳 (주)민음사

출판등록 1966. 5. 19. 제16-490호
서울시 강남구 도산대로 1길 62(신사동)
강남출판문화센터 5층 06027
대표전화 02-515-2000 팩시밀리 02-515-2007
www.minumsa.com

한국어판ⓒ (주)민음사, 2017. Printed in Seoul, Korea

ISBN 978 89 374 2928 6 04800
ISBN 978 89 374 2900 2 (세트)

* 잘못 만들어진 책은 구입처에서 교환해 드립니다.